KB270725

이렇게 된 이상 포항으로 간다

이렇게 된 이상 포항으로 간다

정보라·최의택

릴레이 장편소설

요다

차례

사기의 해부

〈형법〉

제347조(사기) ①사람을 기망하여 재물의 교부를 받거나 재산상의 이익을 취득한 자는 10년 이하의 징역 또는 2천만 원 이하의 벌금에 처한다.〈개정 1995. 12. 29.〉

②전항의 방법으로 제삼자로 하여금 재물의 교부를 받게 하거나 재산상의 이익을 취득하게 한 때에도 전항의 형과 같다.

석유시추공을 분양한다는 소식을 정확히 어디서 받았는지 이제 와서는 기억해낼 수가 없다. 리딩방과 투자방에 너무 많이 들어가 있어서 새로 올라오는 정보를 하나하나 확인하기만 해도 아침 나절이 다 지나가고 때로는 오후까지 잡아먹기도 했다. 그래도 보라는 매일같이 진지하게 기도하는 마음으로 새 소식을 하나씩 점검했다. 그렇게 해서 찾아낸 획기적인 정보였다. 정부가 시행하는 정책이라고 했다. 50년 전에도 석유 시추에 성공했는데 그때는 대통령이 암살당하는 바람에 시추가 중단되었다고 했다. 시추를 재개하면 동해 앞바다에서 석유가 앞으로 몇십 년, 몇백 년 동안 수억 톤이 쏟아질 거라고 했다. 정부가 추진하는 정책에 대한 신문 기사와 함께 표와 그래프는 물론 국토부가 발간한 백서까지 투자방에 차근차근 올라왔다. 그리고 사라졌다.

보라가 결정적으로 시추공 투자 정보를 믿게 된 이유가 바로 이것이었다. 정보가 사라졌기 때문이다.

투자방과 리딩방은 여러 가지 메신저나 SNS 플랫폼을 사용했다. 그래서 보라는 시중에 출시된 거의 모든 원격 의사소통 프로그램을 다 사용하고 있었다. 그중에서도 한 번 정보를 삭제하면 다시 복구할 수 없다고 알려진, 이른바 '철통 보안' 메신저가 있었다. 석유 시추공 분양 정보는 이 철통 보안 메신저에 올라왔다가 한나절이 지나 사라졌다. 표와 그래프도 올라왔다가 한나절이 지나면 사라졌다. 처음 투자 정보를 보았을 때 스크린샷을 찍어놓지 않은 것을 보라는 두고두고 후회했다. 표와 그래프도 한번 슬쩍 보기만 하고 지나갔기 때문에 대부분 놓쳤다. 정부 백서와 신문 기사가 올라왔을 때부터는 저장하기 시작했다. 그래서 보라는 정보가 다 사라진 뒤에도 자신이 찍어놓은 스크린샷을 뒤져 석유 시추 투자 정보 계정을 찾아내어 연락하는 데 성공했다.

이 모든 과정을 거치면서 보라는 자신이 능동적으로 희귀한 고급 정보를 발굴하고 스스로 정보 출처를 찾아 접촉하여 자발적으로, 적극적으로 투자에 뛰어들었다고 믿게 되었다. 사기꾼이 일부러 이런 방식으로 피해자가 자기 발로 사기꾼을 찾아와 투자하겠다고 덤벼들도록 함정을 설계했다는 사실을 보라는 믿지 않았다. 그랬기 때문에 보라는 똑같이 '고급 정보'를 '한정된 숫자의 적극 투자자'에게만 노출하고 일정 시간이 지나면 삭제하는 방식으로 잠재적 피해자들의 호기심을 자극하여 '투자자'를 모집하면서 자신이 사기를 치고 있다는 생각은 꿈에도 하지 않았다.

시추공은 동해 앞바다에 있었다.

"아직 개발 시작하는 단계라 보안도 유지해야 하고, 무엇보다도 위험해요."

강남 테헤란로, 사기의 해부

9

'분양 설계사'는 차근차근 설명했다.

"건설 현장 생각하시면 비슷해요. 큰 기계들이 계속 왔다 갔다 하고 화물선이 건축 자재들 실어 나르고 짜 맞추고 하는데 문제는 땅바닥이 땅이 아니라 바다인 거죠. 기계도 자재도 다 배에 실려 있어서 흔들흔들하고 바람 불면 기울어지기도 하고 그래요."

이 때문에 일반인이 배를 타고 나가서 시추 현장에 접근하는 것은 불가능하다고 했다.

원래 투자를 하려면 현장에 가보는 것이 기본이다. 문제는 언제나 돈이다. 고속철도 푯값이 만만치 않았다. 보라가 사는 서울에서 석유 시추가 이루어지는 동해안의 도시까지 가려면 왕복 기차표만 10만 원 돈이 들었다. 하룻밤 정도 묵어야 한다면 숙박비도 든다. 그렇게 돈과 시간을 들여서 바닷가까지 가면 또 배를 빌려야 한다. 배를 빌려서 나가도 어차피 시추 현장에는 접근할 수 없다. 보라는 낙담했다.

"미리 계약 다 끝내고 제 시추공이 어딘지 가서 볼 수는 없는 거예요?"

"안 돼요, 위험해서."

'분양 설계사'는 보라의 질문에 딱 잘라 이렇게 대답했다. 대신 '분양 설계사'는 현장에서 찍은 영상을 보냈다. 영상 하나하나는 1분 정도로 짧고 흔들리고 잡음도 섞여 있었지만 현장감이 넘쳤고 무엇보다 개수가 많았다. 석유 시추 장비, 출렁이는 바다, 현장 인부들이 지역 말씨로 외치는 소리가 짧은 영상마다 생생하게 담겨 있었다.

'분양 설계사'는 보라에게 보낸 영상의 V 표가 푸른색으로 바뀌면 10분쯤 기다렸다가 바로 지워버렸다. 극비이기 때문에 내려받거나 저장하면 안 된다고 신신당부했다.

물론 보라는 영상을 받아서 몰래 저장해두었다. 나중에라도 직접 가서 보기 위해서였다. 분양받은(그렇게 믿었던) 시추공, 자신의 노후를 책임지는 것은 물론이고 앞으로 수백 년이나 그 비싼 석유가 펑펑 나온다는 화수분을 영상으로나마 저장해두지 않을 수는 없었다. 시추가 본격적으로 시작되고 석유를 뽑아서 팔면 돈이 생길 것이다. 고속철도 특실을 타고 동해안에 가서 유람선을 빌릴 수 있을 것이다. 자신이 구입한 시추공을 직접 눈으로 확인할 수 있을 것이다. 보라는 꿈에 부풀었다.

분양 계약은 전자서명으로 진행되었다. 이것도 보라가 '투자 아이템'을 신뢰하게 만드는 장치로 작용했다. 보라는 전자서명이 무엇인지 몰랐고 해본 적도 없었기 때문이다.

"공인인증서 아시죠? 은행 거래할 때 쓰는 거. 그거랑 똑같은 거예요."

보라의 '분양 설계사'는 철통 보안 메신저를 통해서 이렇게 설명했다.

"계약서 내용이랑 전자서명이랑 싹 다 통째로 암호화돼서 안전한 서버에 저장되는 거죠. 종이 계약서는 요즘에 포토샵 좀 하는 애들이면 계약서 자체를 가짜로 만들 수 있어서 믿을 수가 없어요. 도장은 더 못 믿죠, 아무나 막도장 만들어서 찍어버리면 되는데. 전자서명이 제일 확실해요. 이게 해외 보안 서버에 저장이 되니까 아무도 건드릴 수가 없거든요. 혹시 나중에 문제 생기면 '본인서명사실확인서'로 대조하면 돼요."

'분양 설계사'가 이렇게 말했기 때문에 보라는 주민센터에 가서 본인서명사실확인서도 발급받았다. 무료였다. 보라는 더더욱 자신의 '분양 설계사'를 신뢰하게 되었다. 보이스피싱이나 사기란 모름지기 현금을 싸 들고 은행에 가서 어딘지 모를 계좌로 목돈을 보내는 형태가 아니던가. 그러다가 꼭 은행 직원이 눈치를 채서 문제가 생기고 말이다. 주민센터에 가서 무료로 확인서를 발급받는 것은 고전적인 투자 사기의 형태에 속하지 않았다.

최소한 보라는 그렇게 믿었다. 이번만은 정말 확실하다고, 믿었다. 카드를 몇 번이나 뽑아보고 쌀알을 던지고 60갑자를 계산했다. '죽음' 카드는 지금까지의 삶이 끝나고 새로운 일이 시작된다는 의미였다. 쌀알 숫자가 홀수로 떨어지는 것은 0과 1의 이진법 중에서 1, 즉 스위치가 켜지고 정보가 흐르는 상태를 의미했다. 보라는 확신했다. 이번에는 정말로 대박을 터뜨릴 것이다.

다음 단계는 암호화폐였다. '분양 설계사'는 역시나 보안을 위해 시중 은행에서 돈을 거래하지 않고 암호화폐로 투자금을 받는다고 했다.

암호화폐는 어려웠다. '노드'니 '일렉트룸'이니 용어를 하나도 이해할 수 없었다. 그래도 보라는 암호화폐 열풍이 불었을 때 투자를 해봤다. 그러니까 어떤 앱을 스마트폰에 깔고 어떻게 로그인하면 되는지 정도는 대충이나마 알고 있었다.

그런데 '분양 설계사'가 가르쳐준 프로그램은 설치 단계부터 애를 먹였다. 링크를 눌러도 아무 일도 일어나지 않았다. 설치 중에 갑자기 다른 투자 프로그램이 한꺼번에 여러 개 구동되면서 오류가 나더니 스마트폰이 저절로 꺼졌다. 끈질기게 몇 번이나 시도한 끝에 간신히 어떻게든 설치를 하고 나니 이번에는 은행 앱을 하나도 사용할 수 없었다. 결국 보라는 '분양 설계사'가 알려준 앱을 지워버렸다. 쓰지도 못하면서 다른 은행 거래나 투자 앱을 무용지물로 만드는데 계속 둘 수는 없었다.

'분양 설계사'는 보라에게 프로그래머를 소개했다. 이름을 대면 알 법한 큰 소프트웨어 회사에서 개발자로 일하고 있다는 사람이었다. 철통 보안 메신저를 이용하여 하루 하고도 반나절 동안 기나긴 대화를 나눈 끝에 마침내 개발자는 이렇게 말했다.

"그냥 제가 일하는 회사로 오시겠어요? 직접 보면서 말씀드리는 쪽이 훨씬 쉬울 것 같아요."

물론 보라는 가겠다고 했다. '개발자'가 진짜로 존재하는 사람인지, 정말로 그 거대 다국적 소프트웨어 회사에서 일하는지 자기 눈으로 확인하고 싶은 마음이 더 컸다.

'개발자'가 알려준 주소는 강남이었다. 거대한 건물 1층에 커피숍이 있었다. 보라는 일부러 일찍 도착했다. 그러나 커피값이 너무 비싸서 망설이다가 그냥 앉아 있기로 했다.

커피숍에 앉아 있는 사람은 별로 없었다. 거의 대부분 카운터 앞에서 테이크아웃 주문을 하고 있었다. 오후 1시가 넘어가자 갑자기 주위에 사람이 모두 사라졌다. 커피숍에 앉아 있는 사람은 보라, 다른 테이블에 앉아 있는 중년 남성 한 명, 그리고 입구 근처 테이블에 앉아 있는 체크무늬 셔츠 차림의 젊은 여자뿐이었다. 다른 테이블의 남성은 전화기를 들여다보고 있었다. 입구 근처에 앉은 젊은 여자는 노트북으로 열심히 뭔가 하고 있었다. 보라는 난처해졌다. 하릴없이 전화기만 들여다보았다.

—저 왔는데요.

약속 시간 5분 전에 보라는 메시지를 보냈다.

약속 시간이 10분 지났다. '개발자'는 보라가 보낸 메시지를 읽지 않았다. 보라는 다시 메시지를 보냈다.

—1층 커피숍에 있어요.

'개발자'는 메시지를 읽지 않았다. 보라가 보낸 메시지의 회색 V 자는 아무리 기다려도 푸른색으로 변하지 않았다. 보라는 불안해지기 시작했다.

"저기, 월렛 때문에 오신 분이죠?"

강남 테헤란로, 사기의 해부

전화기의 메신저 화면을 들여다보다가 보라는 화들짝 놀라서 고개를 들었다. 넥타이 없는 와이셔츠 소매를 걷어붙이고 까만 정장 바지를 입은 중년 남성이 크고 납작한 가방을 들고 보라 앞에 서 있었다. 보라가 커피숍에 들어왔을 때부터 안에 앉아 있던 사람이었다.

"월렛요…?"

보라가 멍청하게 되물었다. 그리고 전화기를 들여다보았다. 보라가 보낸 메시지의 V 자가 모두 푸른색으로 변해 있었다.

"제가 개발자인데요."

중년 남성이 말했다.

"아, 네…"

보라가 말했다. 중년 남성이 보라 앞에 앉았다. 전화기 세 대를 테이블에 내려놓았다.

"아까부터 와 있었는데 일하느라고 메시지를 늦게 봤네요…. 잠깐만요. 하던 거 마무리 좀 하고요."

중년 남성이 테이블에 늘어놓은 전화기들을 만지며 말했다. 남자의 목에 매달린 사원증이 남자가 움직일 때마다 흔들리거나 뱅글뱅글 돌았다. 플라스틱 케이스에 든 하얗고 평범하고 네모난 사원증이었다. 남자의 목에 사원증을 연결한 끈은 알록달록하고 대단히 화려했다. 보라는 끈에 소프트웨어 회사의 로고가 새겨져 있는 것을 보았다.

마침내 중년 남성이 고개를 들었다. 전화기 세 대를 모두 납작한 가방 속에 집어넣었다.

"전화기 주세요. 베팅 앱 깔아드리면 되는 거죠?"

중년 남성이 친절하면서도 약간 조급한 말투로 말하며 손을 내밀었다.

"개발자…시라고요…?"

보라가 다시 물었다. 이번에는 멍청하다기보다는 약간 의심하는 어조였다. 개발자라면 왠지 아주 젊은 사람일 것이라고, 메신저로 대화하면서 보라는 자기 마음대로 상상했다. 이런 아저씨가 나올 것이라고는 예상하지 못했다.

"암호화폐 때문에 오신 거 아니에요?"

중년 남성이 조금 짜증스럽게 말했다.

"아, 네."

보라가 황급히 대답했다. 그리고 중년 남성에게 전화기를 내밀었다. 중년 남성이 전화기 화면을 쳐다보고 보라에게 말했다.

“패턴 풀어주셔야죠.”

“아, 네.”

보라가 당황하며 대답했다. 화면 잠금을 풀고 다시 전화기를 건넸다.

그렇게 하지 말았어야 했다고, 보라는 나중에 몇 번이나 생각했다. 그때 화면 잠금을 풀지 말았어야 했다. 그때 남자한테 좀 더 자세히 물어봤어야 했다. 그때 일어서서 그 자리를 떠났어야 했다.

보라의 스마트폰은 중년 남자의 손으로 넘어갔다. 남성은 보라의 스마트폰에 어떤 프로그램을 깔았다. 그리고 프로그램을 구동시킨 뒤 화면을 보여주었다.

“이게 계좌번호고, 이게 개인 키예요. 잊어버리지 않게 어디 따로 적어두세요.”

중년 남성이 길고 복잡한 숫자와 문자의 조합들을 가리키며 보라에게 말했다.

“잊어버리면… 어떻게 되는데요?”

보라가 불안하게 물었다. ‘개발자’가 단호하게 대답했다.

“싹 다 날리는 거죠.”

중년 남성은 의미심장하게 보라를 쳐다보았다. 보라는

얼떨결에 고개를 끄덕였다.

"저는 들어가봐야 돼서요. 잘하세요."

중년 남성이 일어섰다. 보라도 따라서 일어섰다. 보라는 중년 남성이 둔중한 발소리를 웅장하게 울리며 대리석 바닥을 걸어 엘리베이터 앞으로 가서 다시 납작한 가방에서 전화기를 꺼내 들여다보며 중년 남성과 똑같이 사원증을 목에 건 다른 사람들과 함께 엘리베이터에 타는 모습을 지켜보았다. 건물 로비 전체에 보안 장치나 출입 통제 장비가 없었고 커피숍에 드나들듯 아무나 엘리베이터를 타고 내릴 수 있었다. 그러나 엘리베이터에 탄 사람들은 각자 자기 목에 건 사원증을 당겨 문 옆에 찍는 듯한 동작을 했다. 곧 엘리베이터 문이 닫혔다.

중년 남성은 엘리베이터에 들어가자마자 가장 안쪽에 선 채로 계속해서 전화기를 들여다보고 있었다. 그 모습을 보라는 지금도 머릿속에서 선명하게 반복 재생할 수 있었다. 다른 사람들은 모두 엘리베이터를 타자마자 사원증을 당겨 버튼 누르는 곳에 찍는데, 중년 남자는 여봐란 듯 목에 건 사원증을 단 한 번도 사용하지 않았다. 그 사실을 보라는 수십 번이나 꿈을 꾸고 수백 번, 수천 번이나 이때의 장면들을 머릿속으로 되짚어본 뒤에야 깨달았다.

처음부터 다 나쁘기만 했던 것은 아니다. '월렛'을 깔고 나서 한동안은 예정대로 돈이 들어왔다. 중년 남자가 깔아준, 보라가 잘 이해하지 못하는 프로그램 화면에 한 달에 두 번씩 매달 15일과 말일이면 꼬박꼬박 새로운 숫자가 찍혔다. 게다가 '월렛' 프로그램에는 자신이 보유한 잔고를 여러 나라의 실물 화폐 단위로 환산해서 알려주는 메뉴가 있었다. 그녀는 보유 자산이 느리지만 착실하게 불어가는 모습을 지켜보며 기뻐했다.

"정부 프로젝트 투자의 핵심은 안정성인 거죠. 나라가 망하지 않는 이상 수익은 계속 보장되니까요."

보라의 '분양 설계사'는 여러 번 강조했다.

"연 10퍼센트 수익률, 15퍼센트 수익률, 이런 거 다 사기예요. 처음부터 떼돈 벌게 해준다고 사탕발림하는 사람들은 절대 믿으시면 안 돼요. 오래가는 수익성, 안정적인 보장성, 이게 우리 대안고래 질주 프로젝트의 강점인 거죠."

그래서 보라도 투자자를 모집할 때 자신의 '분양 설계사'에게 들은 그대로 이런 특징들을 강조했다.

"처음에는 수익 성장률이 좀 둔하다고 느끼실 수가 있

어요. 구멍 뚫자마자 석유가 펑펑 나오는 게 아니고 원유를 뽑으면 정제하고 가공해야 팔 수가 있으니까요. 구슬이 서 말이라도 꿰어야 보배라는 속담이 있잖아요? 그 구슬 꿰는 데 시간이 좀 걸리는 거예요. 일단 생산량이 보장되고 가공해서 팔기 시작하면 수익은 그때부터 펄펄 뛰는 거죠."

말하면서 보라는 자신이 꽤나 능숙하게 영업하고 있다고 내심 뿌듯하게 생각했다.

"그렇다고 수익이 안 나는 게 아니에요. 한 달에 두 번씩 따박따박 들어와요. 그건 제가 보장해드릴 수 있어요."

그것은 진실이었다. 최소한 그때는 그랬다. 수익금이 실제로 들어오고 있었다. 보라는 수익금이라고 생각했다. 정직한 투자, 정직한 수익.

보라는 그 수익금을 딱 열한 번 받았다. 5개월 반이다. 열두 번째 수익금이 날짜가 지나도 들어오지 않았을 때 보라는 기다렸다. 사실 네 번째 수익금도 이틀 늦게 들어왔다. 그날 보라는 겁에 질려서 바로 '분양 설계사'에게 연락했다. '분양 설계사'는 금방 답변을 보냈다. 시추 작업 중에 기계가 고장 나서 작업이 지연됐다고 했다. '분양 설계사'가 첨부해서 보내준 영상에는 바다 위에서 연기를 내뿜는 기계를 인부들이 화물선에 실어 운반해 가는 모습이 찍혀 있었다.

"기계 고치려면 사흘쯤 걸린대요."

'분양 설계사'가 설명했다. 보라는 사흘을 기다려보기로 했다. 약속된 수익금은 이틀 만에 입금되었다. 보라는 안심했다.

이후에도 이렇게 하루나 이틀쯤 수익금 지급이 늦어지는 때가 있었다. 그러나 사흘이 지나기 전에 약속된 금액이 반드시 '월렛'에 입금되었다. '월렛' 프로그램 화면의 숫자는 '분양 설계사'가 장담한 시일이 지나기 전에 틀림없이 더 높은 숫자로 바뀌었다. 그렇게 몇 개월이 지나면서 보라는 하루나 이틀 정도는 느긋하게 기다리게 되었다.

열두 번째 수익금이 들어왔어야 하는 날, 보라가 '투자'를 시작한 지 반년이 지났을 때 '개발자'가 깔아준 '월렛' 프로그램이 작동을 멈추었다. 아이콘을 누르면 화면이 바뀌며 자산 보유고를 보여주었다. 숫자는 전혀 늘지 않았다. 그것으로 끝이었다. 다른 메뉴는 하나도 작동하지 않았다.

보라는 '분양 설계사'에게 연락하려 했다. 철통 보안 메신저에서 '분양 설계사'와 대화했던 내용은 모두 사라지고 없었다. '분양 설계사'의 계정도 찾을 수 없었다. 투자방과 리딩방을 전부 뒤졌다. 어디에도 '분양 설계사'의 계정도 연락처도 없었다.

손이 떨렸다. 입안이 마르기 시작했다. 보라는 자신이 가지고 있던 유일한 전화번호로 전화를 걸었다.

—지금 거신 전화는 없는 번호이오니….

녹음된 목소리가 무심하게 안내했다.

그리고 곧, 그녀가 모집했던 투자자들에게서 메시지가 빗발치기 시작했다.

마이크 앤드 존

제발 메시지 좀 봐라.

의택은 애써 초조함을 숨기고 행사 준비가 한창인 강당의 구석으로 조심스럽게 전동 휠체어를 몰아갔다. 동료 단원들이 곳곳에서 책상을 배치하고 팸플릿과 음료 등을 진열하고 간이 부스를 설치하고 현수막을 거는 모습을 훔쳐보며 의택은 행사 장비에 연결된 전원 코드를 150킬로그램이 넘는 전동 휠체어로 타고 넘었다. 자기 때문에 장비가 고장 나지는 않길 바라며. 'MBTI로 알아보는 나의 미래' 부스를 끝으로 강당 구석에 여유 공간이 조금 있었다. 의택은 거기에 딱 맞춰 휠체어를 주차하고 다시 한번 핸드폰을 확인했다. 휠체어 팔걸이에 장착한 거치대의 핸드폰 화면이 인스타그램 채팅방을 띄웠다. 거기에는 존이라는 아이디의 상대에게 의택이 보낸 메시지가 떠 있었다.

—존 씨, 하고 싶은 얘기가 있습니다.

바뀐 게 없었다. 존은 여전히 프로필 사진 속 포항 바다에서 실루엣으로만 존재했고 의택이 보낸 메시지를 보기는 한 건지조차 알 수 없었다. 요새는 상대가 메시지를 읽었는지 여부 같은 것도 소름 끼치게 잘 보여주건만 존이 무슨 설정을 어떻게 했는지 채팅방은 적막하기만 했다. 의택은 한 번 더 보내볼까 싶어 핸드폰 화면 속 키보드의 마이크 버튼에 손가락 마디 등을 가져갔지만 누르지는 않았다. 순간적으로 너무나 많은 생각이 머리를 후려치고 지나갔다. 벌써 계정 정리한 건 아닐까? 아니야, 그럴 거면 아예 계정을 폭파했겠지. 근데 왜 답변이 없지? 원래 답이 느리긴 했어. 그렇다고 한나절 동안 씹는다고? 뭐 바쁜 일이라도 있겠지. 무슨 대단한 일이라도 있길래 이 시국에 답변을 못 해?

"여기서 혼자 뭐 해?"

태호 형이 어느새 부스 정리까지 마치고 이쪽으로 다가왔다. 의택은 핸드폰 화면을 껐다. 다들 열심히 일하고 있는

데 인스타그램이나 보고 있는 걸로 비치면 좀 억울했다. 뭐, 사실이긴 했지만, 나름 다 사정이 있었다. 물론 타인은 알 바 없는 사정이었다. 태호 형이 익숙한 동작으로 휠체어 옆에 무릎 꿇고 앉았다. 꺼져 있는 핸드폰 화면을 슬쩍 보고는 장난기 섞어서 말했다.

"이젠 대본도 필요 없어진 거야? 프로 다 됐네."

의택은 멋쩍게 웃기만 했다. 뒤늦게 그거라도 보고 있었어야 했다 싶었지만 솔직히 그럴 정신이 못 됐다. 머릿속에는 조금 전 본 기사의 헤드라인들이 꽉 들어차 있었다. "대안 고래 질주 프로젝트, 정부와 함께 붕괴", "첫 시추 실패, 전 정부 관계자는 '이제 시작일 뿐'", "추가 시추를 위한 예산을 두고 오가는 여야의 고성", "전 대통령의 대국민 사기극?"…. 의택은 저도 모르게 탄식을 토했다. 그러고는 말했다.

"어, 그게….'"

"무슨 일 있어?"

태호 형이 진지한 얼굴로 물었다. 저 얼굴 앞에서는 못 할 말이 없다. 의택은 하느님의 현신과도 같은 태호 형한테 말하고 말았다.

"돈이….'"

하지만 거기까지였다. 일말의 양심이라고 해도 좋을는지, 차마 탄핵된 대통령의 기획이었을지도 모를 시추 사업에 그간 모은 전 재산을 몽땅 꼬라박았다고는 말할 수 없었다. 그것도 인스타그램에서 본 포항 사진에 홀려 대뜸 거액을 보냈다고는…. 진짜 뭐에 홀린 게 아닌 이상 있을 수 없는 일이 벌어진 거였다. 주여, 용서해주세요.

"돈?" 태호 형이 이내 알겠다는 듯 말했다. "현도 씨랑 또 돈 가지고 싸운 거야? 두 사람 다 한결같네."

음. 그것도 사실이긴 하지. 의택은 부정하지 않고 입을 닫았다.

"내가 왈가왈부할 문제는 아니지만…."

태호 형이 말끝을 흐려서 의택은 말했다.

"다른 사람도 아니고 태호 형인데요. 괜찮아요."

"현도 씨는 나 싫어하는 거 같던데. 순진한 애 꼬드겨서 사이비 종교 같은 데 데려갔다고."

"그런 말 뭐 하러 담아둬요. 그 자식 대신해서 다시 한번 사과드릴게요."

태호 형은 웃었다.

"아냐. 이 일 하면서 수도 없이 들었어. 충분히 그렇게

천안 순천향대병원, 마이크 앤드 존

27

비칠 수 있어. 나도 그렇게 생각했었고. 넌 아니야?"

"저요?"

사고로 전신 마비 판정을 받고 병상에 누워 지냈던 3년 전, 병실로 들어선 태호 형과 봉사단 단원들이 기적이 어쩌고 하느님이 저쩌고 하면서 아멘을 외칠 때, 의택은 생각했다. 사이비네.

"뭐… 일종의 은유 같은 거죠."

태호 형이 또 웃었다. 그러고는 다시 성스러운 얼굴로 말했다.

"두 사람이 어떤 심정으로 창업 준비하는지, 감히 이해한다고 말할 수는 없지만, 진심으로 응원하고 있어."

"알죠."

"그래도 돈 때문에 두 사람이 다투는 건 응원할 수 없어. 그건 죄악이야, 의택아."

의택은 생각했다. 마비가 아니었다면 지금쯤 파블로프의 개처럼 반사적인 전율에 휩싸여 두 손을 맞잡고 아멘을 외쳤을 테지. 의택은 다만 눈을 감고 속삭였다. 아멘. 그런데 답변 좀 오게 해주세요. 아멘.

"오늘도 열심히 하고, 이따 현도 씨랑 꼭 풀어."

태호 형의 뒷모습을 지켜보던 의택의 눈이 때맞춰 켜진 핸드폰 화면으로 향했다.

'속보, 대안고래 질주 담당 실무자 경북 포항 야산에서 숨진 채 발견.'

오늘은 의택처럼 중도 장애인이 된 청년들이 재활 치료를 받고 있는 병원에서 강연을 하는 날이었다. 강사는 역시나 사고로 중도 장애인이 된 의택이었고, 태호 형과 다른 단원들은 강연을 들은 참가자들을 상대로 맞춤형 상담과 지원을 하게 된다. 상담이나 지원이라고 해서 거창한 것은 아니었다. 심심하면 인터넷 아무 데서나 할 수 있는 MBTI 같은 성격 유형 테스트나 타로, 사주 정도였고 그마저도 비전문가들이 알음알음 익혀 흉내를 내는 정도였다. 하지만 전문성이나 신빙성 같은 건 아무래도 상관없었다. 의택이 이런 행사에 참여해봐서 누구보다 잘 알았다. 하루아침에 몸이 망가져 옴짝달싹하지 못하고, 태어나서 줄곧 경주마처럼 달려온 길 위에 맥없이 주저앉은 채, 함께 달리던 사람들이 저 멀리 앞서가버리는 것을 지켜만 봐야 하는 상황에서, 그깟 전문성은 아무래도 좋을 수밖에 없다. 적확한 분석을 바탕으로 다시 일어서기를 종용하는 것보다는 다소 실없어도 무조건적으로 괜찮다고 등 토닥여주는 게 더 커다랗게 와닿는 때였다. 그것도 자신과 비슷한 상황에 처해 있는 또래가 어설프게 내미는 손길의 힘이란 말로 표현이 불가했다. 의택은 어느새 사고 직후 병원에서 태호 형과 지금의 단원들을 처음 만났던 때를 떠올리며 마음을 다잡았다. 받은 만큼, 아니 그보다 더 베풀 것이다.

강연은 순조로웠다. 의택이 이 일을 시작한 지도 곧 있으면 2년이니 실력이 무르익을 때도 됐다. 처음에는 대본을 쓰는 것조차 버거웠다. 당장 내 몸이 아프고 정신적으로 괴로운데 청중에게 에너지를 불어넣을 이야깃거리를 상상하는 것은 일단 어려웠고, 개인적으로는 불쾌한 일이기도 했다. 하지만 의택이 마지못해 강연을 해치우고 나서 마주한 얼굴들은 묘하게 의택을 채찍질했다. 자기는 쥐어짜듯 뱉어낸 이야기에 누군가는 공감하고 감동하며 다시 살아볼 용기를 얻는다. 의택은 자신도 그렇게 용기와 에너지를 얻어 지금 살아 있으며 봉사단에 소속돼 역할을 수행하고 있음을 새삼 뼈저리게 실감했다. 그래서 마음을 다잡았다. 다음 강연을 위해 골머리를 썩였다. 평소에도 강연에 쓸 만한 뭔가를 찾아 헤맸고, 그러자 하루하루가 재밌어졌다. 그 이후부터는 자연스럽게 그리고 급속도로 강연 실력이 늘었다. 실수를 하더라도 그것을 역으로 활용할 정도로 익숙해졌다.

그러자 그동안 보이지 않았던 것들이 보였다. 강연을 듣되 듣지 않는 사람들. 그저 호기심에, 혹은 시간이나 때우려 참석했지만 사실 강연자가 하는 이야기 같은 건 관심도 없고 심지어 의심하며 불신하는 사람들. 그래서 오히려 더 눈에 불을 켜고 강연자의 실수를 찾아 헤매는 하이에나 같은 사람들. 처음 그런 존재를 인식하고 의택은 더할 수 없이 불쾌하고 화가 났다. 흥, 하루아침에 반신불수가 된 주제에! 평생 그 몸에 스스로를 가둔 채 살아보라지. 무의식중에 그런 생각을 하고 나면 마비된 전신이 부들부들 떨리는 기분이었다. 죄책 감과 자괴감, 참담함이 이루 말할 수 없었다. 당장이라도 강연을 관두고 스스로를 가두고 싶었다. 역할에 대한 집요한 욕망이 아니었다면 아마 그랬을지도 몰랐다.

오래된 나무에 붙어 기생하는 버섯처럼 강연장에 나서 다치고 아픈 사람들에게서 되레 에너지를 받아먹었다. 그게 죄스러워서 더 열심히 했다. 그러면서 강연장에서 겉도는 사람들을 관찰하던 의택은 뒤늦게 깨달았다. 바로 자기도 저들

천안 순천향대병원, 마이크 앤드 존

31

과 같았다고. 그러한 깨달음 직후 그들의 마음을 이해할 수 있었다. 다른 이유는 없었다. 그들은, 과거의 의택은 단지 두려웠을 뿐이다. 의택의 경우에는 더 이상 그려볼 수 없는 미래가 너무나 두려웠다. 장애인이 되기 전이라고 예언자처럼 미래가 보였던 것은 아니다. 하지만 원하는 그림을 그리고 그것을 이룰 수 있도록 노력해볼 수 있었다. 노력하면 이룰 수 있는 미래를 그리거나 최소한 그런 착각이라도 할 수 있었다. 전신 마비 장애인이 되자 신체적으로도 정신적으로도 그런 가능성 자체가 사라져버렸다. 그 원인이 의택 내부에 있는지 아니면 외부에 있는지를 따지는 건 의택에게 사치처럼 느껴졌다. 아니, 그런 걸 따져볼 여유도 당시의 의택에게는 없었다. 사고로 하루아침에 장애인이 된 사람들 모두가 그럴 터였다. 갑자기 동굴 속에 처박혀 아무것도 보이지 않는 사람들에게는 어둠에 눈이 익숙해질 시간이 필요한 법. 가능하다면 의택이 그 시간을 줄여주고 싶었다.

이번 강연에도 그런 사람이 하나 있었다. 무릎 아래로 뭉툭하게 감긴 한쪽 다리를 애써 가리려고 담요의 위치를 바로잡던 앳된 얼굴의 청년은, 강연을 위해 중앙에 자리를 잡느라 조금씩 앞과 뒤로 움직이는 의택을 아주 노골적으로 쳐다봤다. 사실 의택이 타고 있는 고기능 전동 휠체어는 그 자체가 이목을 끌긴 했다. 의택한테서 고기능 전동 휠체어를 사 간 모두가 신기해하며 말하듯 이런 걸 타게 되면 치가 떨리게 싫던 사람들의 시선을 조금은 즐길 수 있게 된다. 자기들끼리 속물이네 뭐네 놀리며 웃지만, 어쨌든 다른 건 다른 거였다. 의택은 청년의 따가운 시선을 어느 정도는 즐기며 천천히 자리를 잡고 강연을 시작했다.

사고로 전신 마비 장애인이 된 이야기를 짧고 굵게 마치고 어쩌다가 중고 휠체어 딜러가 됐는지를 이야기했다. 타고 있는 휠체어의 기능들을 소개해가며 일부러 더 목소리를 높였다. 처음에는 피하던 일이었다. 웬만한 자동차 한 대 값의 휠체어를 타고 으스대는 게 어딘가 맞지 않다고 느꼈다. 의택은 장애인과 능력을 연결할 능력이 없었다. 자연스럽게 장애인과 돈을 연결 짓지도 못했다. 지금 생각해보면 그 얼마나 혐오주의적 인식인지! 의택의 그러한 능력은 장애인이 되고서 한동안은 더 심각하게 나빠졌다가 차츰차츰 근육이 붙듯 성장했다. 여전히 충분하지는 않지만 말이다. 의도한 건 아니지만 어쨌든 장애인을 상대로 고기능 휠체어를 팔게 되면서 의택의 생각은 바뀌어갔다. 세상에는 의택이 비장애인이었던 시절 알고 느꼈던 것과는 비교도 할 수 없을 만큼 장애인이 많다. 그리고 그들 중에는 고기능 휠체어를 살 수 있는 사람들이 꽤 있다. 가만히 따져보면, 얼굴이 달아오를 만큼 유아적인 깨달음이었지만 의택은 이제 막 보조 바퀴가 달린 자전거를 혼자서 타게 된 아이처럼 전능감을 느꼈다. 그건 어찌 됐든 좋은 거였다. 나중에 또 어떻게 지금을 돌아보며 얼굴을 붉힐진 모르겠지만 다 과정이 아니겠나. 장애인이 되고 가장 먼저 익혀야 했던 뻔뻔함은 스스로에게 적용하기에도 좋은 무기였다.

강연을 마치고 사람들은 봉사단원들의 안내에 따라 각자 흥미가 생기는 부스로 향했다. 의택은 사람들의 모습을 보면서 잠시 숨을 골랐다. 자기가 잘했는지, 사람들이 어떻게 생각할지 같은 잡념으로부터 벗어나기 위해 호흡에 집중했다. 하지만 겨우 벗어나고 보니 의택의 앞을 가로막는 것은 현도와 조우해야 할 저녁이었다. 현도는 물러서지 않을 터였다. 사실 반대 입장이어도 마찬가지였을 거다. 어느 날 갑자기 함께 창업을 하기로 한 친구가 전 재산을 날려버렸다고 한다면 말이다. 그렇게 생각하니 새삼 의택이 저지른 일이 얼마나 무모했는지가 느껴졌다. 얼굴 피부 곳곳에 모기와

벌, 거미 같은 벌레들이 기어다니는 듯해 호흡마저 가빠질 지경이었다. 도대체 무슨 짓을 한 거지! 의택은 무너진 댐에서 터져 나오는 물폭탄 같은 후회와 자책으로부터 도망치기 위해 뭐라도 해야 했다. 그때, 병원 수동 휠체어에 타 두 팔로 림을 밀며 한 청년이 다가왔다. 한쪽 다리 대신 눈에 띄는 붕대 묶음. 과거의 의택이었다. 의택은 이 순간이야말로 신이 존재한다는 증거라고 생각하며 황홀경에 빠질 준비를 했다. 의택은 말했다.

"지루하진 않았나요?"

의택이 먼저 말을 건 게 의외라는 듯 청년은 당황했다. 하지만 곧 시니컬한 가면을 되찾았다.

"그 정도는 아니었어요."

의택은 진심을 담아 웃었다.

"다행이네요. 제가 다쳐서 입원 중일 때 강연을 하러 왔던 사람은 정말 최악이었거든요. 그 사람 얘기를 들으면서 생각했어요. 와, 저 사람보다 못할 수는 없겠다. 정말로 이런 걸 하게 될 줄은 몰랐지만, 그때의 경험은 늘 절 떠밀어주죠. 어떻게 보면 고마운 사람이에요."

청년은 뭐라고 말해야 의택이 상처 받을까 고민하는 것

처럼 심각해 보였다. 그의 시선이 의택의 휠체어로 향했고 의택은 마음의 준비를 했다. 값비싼 휠체어라는 말을 형용모순으로 여기는 사람들의 반응에 자연스럽게 대처할 수 있도록 대비해왔다. 아마도 의택 자신이 그런 부류이기에 그게 더 신경 쓰이는 거겠지만 어쨌든 마음이나마 편한 상태를 유지하기 위해서는 뭐든 할 각오가 돼 있었다.

"이런 건 얼마나 하죠?"

"기능에 따라 천차만별이에요. 관심 있어요? 새것 같은 중고도 많아요."

의택으로선 회심의 유머였다. 하지만 청년의 뚱한 얼굴은 미동도 없었다. 의택은 괜히 과거의 자신을 떠올려보았다. 그 당시 마주했던 모두에게 미안해졌다.

"저는 선생님하고는 달라서요."

의택은 웃었다. 역시나 진심이었다.

"사지 마비와 절단이 다르긴 하죠."

되레 공격을 당한 듯한 표정이 된 청년이 말했다.

"선생님을 보고 있자니 삶의 의욕이 되살아나더군요."

청년은 자기가 쏜 짐승이 치명상을 입었는지 확인하듯 의택을 살폈다.

"선생님이 누구보다 제일 잘 아시겠지만, 진짜 죽어버리고 싶었어요. 이런 꼴로 살아가야 한다는 게… 뭘 할 수나 있을까 싶기도 하고. 친구들 병문안 왔다 갈 때마다 괜히 가족들한테 분풀이하고."

의택은 청년이 다른 누군가를 공격하는 게 아니라는 걸 알았다. 의도는 그럴지 몰라도 결국 가장 많은 피를 흘리게 되는 건 자기 자신이었다. 겪어봤기에 장담할 수 있었다. 청년은 잠시 입을 다물었다. 후회하는 것 같았다. 후회하는 이유야 알 수 없지만 후회한다는 것만으로도 청년은 과거의 의택보다 나은 길로 나아갈 능력이 있었다. 그대로 가버리려는 청년을 향해 의택은 말했다.

"신을 믿나요?"

청년이 당황하든 말든 의택은 제 길을 나아갈 뿐이었다.

태호 형이 현관문을 열어주고는 비켜섰다. 인사를 대신하는 미소를 지을 새도 없이 안쪽에서 목소리가 들려왔다. 현도였다. 현도가 활동형 수동 휠체어의 림을 재빠르게 밀며 나타났다. 현도는 의택 옆에 서 있는 태호 형을 보고 표정이 굳어졌다. 이 또한 늘 있는 일이어서 의택은 물론이고 태호 형도 아무렇지 않게 반응했다. 태호 형은 정말로 한쪽 뺨을 맞고 다른 쪽 뺨을 내밀 사람이었다.

"안녕하셨어요, 현도 씨."

역시나 현도는 태호 형을 없는 사람 취급했다. 현도가 말했다.

"또 그거 하러 간 거야?"

현도한테 의택의 강연은 사이비 종교 단체의 앞잡이질에 불과했다. 의택은 현관으로 들어서며 태호 형한테 말했다.

"오늘도 고생 많으셨어요. 안녕히 가세요."

태호 형이 현관문을 닫아줬다. 의택은 현관문 경사로를 올라 전동 휠체어들이 즐비한 거실을 지나쳐 방으로 향했다. 아직 활동지원사가 올 시간이 아니라 방에 간다고 해서 침대에 누울 수 있는 건 아니었지만 달리 선택권이 없었다. 현도가 말했다.

"너 진짜야?"

"뭐가?"

"알면서 시치미 떼지 마! 우리 돈 말이야!"

의택은 방으로 들어가 빠르게 반 바퀴 돌았다. 문손잡이를 잡고 당기며 말했다.

"우리라니. 내 돈이야."

현도가 잔근육질의 두 팔을 거칠게 움직여 달려오더니 문을 막고 섰다.

"비켜! 나 힘들다고!"

"네가 한 게 뭐 있어서! 오늘도 입으로 때웠을 거 아냐?"

좋지 않았다. 현도와는 원래도 막말을 주고받는 사이였다. 비슷한 시기에 사고를 당해 재활 기간을 거의 함께하면서 의택과 현도는 전우애 같은 걸 느꼈고 서로가 서로에게 둘도 없는 친구가 됐다. 가끔은 유치하리만큼 저열하게 굴었지만 그것도 우정의 증거일 뿐이었다. 이번처럼 악의가 느껴진 적은 결코 없었다. 물론 이런 상황을 자초한 건 의택이었다. 의택은 한숨을 내쉬고 전동 휠체어의 시트를 뒤로 젖히며 눈을 감았다.

"아니, 도대체가 납득이 안 되잖아. 내가 너 하루이틀 보냐? 나 같은 컴맹이 암호화폐 한다고 설칠 때도 관심 없던 놈이 난데없이 투자라니? 그것도 뭐? 시추공 분양? 우리 사업 자금으로? 지금 나더러 그걸 믿으라고? 차라리 더 이상 이 일 안 하겠다고 해! 그냥 사람들 앞에서 입만 떠들고 싶다고 하라고!"

천안 순천향대병원, 마이크 앤드 존

39

현도가 설마 하듯 덧붙였다.

"아니지? 아까 그 새끼한테 다 털린 거, 아니지?"

의택은 눈을 부릅뜨고 외쳤다.

"적당히 좀 해! 태호 형 그런 사람 아니라고!"

미심쩍다는 눈으로 의택을 보던 현도는 태도를 바꿔 의택의 젖혀진 휠체어 등받이에 몸을 기대고 의택과 눈을 맞췄다.

"언제까지 아는 사람들 휠체어 취급하면서 살 거야. 나도 이 일 재밌고 보람도 느껴. 오늘도 그 근육병 친구 휠체어 피팅해주면서 얼마나 뿌듯했다고. 근데 뿌듯함만으로는 안 돼. 우리도 먹고는 살아야지. 중고 휠체어 하나 팔아봐야 애 분윳값 정도 겨우 떨어진다고, 알아?"

"그러게 그 몸으로 결혼 같은 건 왜 해?"

현도가 휠체어 팔걸이를 쾅 내려쳤다.

"개새끼야, 너 그 주둥이 확 찢어버린다."

불안과 초조가 담긴 그 말은 위협이 되지 못했다. 오히려 그래서 더더욱 의택은 상처를 받았다. 대체 무슨 짓을 벌인 거지. 현도 말대로 두 사람은 더 나은 내일, 사람다운 내일을 위해 본격적으로 휠체어 정비 사업을 시작하려 준비했다.

국내에 몇 안 되는 휠체어 대리점과 자기 지역만 관리하는 영세한 의료기상만으로는 그 많은 장애인들의 수요를 충족할 수 없다. 그뿐만이 아니라 비장애인은 알지 못하고 알려고 하지도 않는 부분까지 속 시원히 긁어줄 수 있는 의택과 현도는 지금도 장애인들 사이에서 인기가 좋았다. 이 바닥은 분명 블루 오션이었다. 그래서 자격증 공부까지 하면서 야금야금 돈을 모아왔던 것이다. 이제 겨우 목표에 가까이 왔는데 갑자기 의택이 사업 자금의 절반을 투자금으로 썼다며 발을 뺐다. 현도 입장에서는 믿을 수 없고 믿고 싶지도 않을 수밖에 없었다. 의택은 다시 한번 한숨을 쉬었다.

"갑작스러운 건 알아. 근데 기회라는 게 원래 갑자기 찾아오는 법이잖아. 이번만 잘되면 사업이 문제가 아니라 우리 노후가 보장돼. 다른 것도 아니고 유전이야! 손에 기름때 묻히는 대신 진짜 기름 팔아서 나온 돈으로⋯."

의택은 현도의 경멸 어린 시선에 정신이 들었다. 부끄러워서 견딜 수가 없었다. 방금 무슨 소릴 지껄인 거지? 아니나 다를까 현도가 상체를 일으키며 말했다.

"야, 네 입에서 그딴 싸구려 멘트가 나올 줄은 몰랐다. 나는 네가 그래도 나보단 똑똑한 놈이라고 생각했어. 그래서

천안 순천향대병원, 마이크 앤드 존

믿고 의지했는데, 다 내 잘못이지.”

현도는 그대로 나가버렸다. 현관문 닫히는 소리가 의택의 뺨을 후려갈겼다. 의택은 생각했다. 진짜 납득이 안 되는 건 나라고.

그때였다. 핸드폰 알림이 울렸다.

—죄송해요, 마이크 씨. 잠시 일이 있었습니다.

의택은 서둘러 휠체어 시트를 바로 했지만 천천히 일어서는 속도를 참을 수가 없었다. 알림을 눌러 채팅방을 켜고 마이크 버튼을 눌렀다.

어… 근데 뭐라고 하지? 머릿속이 하얘졌다. 일단 연락이 된 것만으로도 죽었다 깨어난 기분이어서 웃음밖에 안 나왔다. 절대로 그래서는 안 되지만 만에 하나라도 존이 연락을 받지 않으면 어쩌나 싶어 도저히 제정신으로 있을 수가 없었다. 그런데, 잠시 일이 있었다! 그럼 그렇지. 조금만 더 빨리 답변을 줬다면 아까 현도한테 그렇게 쓰레기 취급을 받지는 않았을 텐데. 뭐, 다 지나간 일이야. 의택이 사업 자금은 물론이고 조카님을 위한 퍼모빌 유아차를 선물한다면 언제 그랬느냐는 듯 형님 하고 웃겠지. 음, 와이프가 싫어하려나? 아무리 퍼모빌이 휠체어계의 벤츠라지만 장애아용 유아차를 선물하는 건… 의택은 생각이 뻗치는 대로 제 의식을 내맡기다가 존의 메시지를 보고 정신을 차렸다.

―저기요?

의택은 반사적으로 마이크 버튼을 눌러 말했다.

"아, 죄송합니다. 잠시 딴생각을 했어요."

의택이 말한 대로 문장이 입력됐다.

―아 죄송합니다. 잠시 딴생각을 했어요.

구두점이 일부 누락됐지만 완벽하다고 볼 수 있었다.

―저도 자주 그래요.

존다운 답변이다 싶어서 의택은 실소를 했다. 안면의 긴장이 조금 풀리는 것 같아서 나쁘지는 않았다. 존과의 대화는 언제나 허무함과 우스움 사이 어딘가의 기묘한 감정을 불러왔다. 그게 어떨 때는 짜증 났고 또 어떨 때는 좋았다. 의택은 그것이야말로 진정한 인간관계의 성질이 아닐까 생각하다가 존과의 관계라고 할 만한 것을 따져보고는 팍 식어버렸다. '마이크'와 '존'. 이 무슨 웃기지도 않는 이름들인가. 물론 둘 다 진짜 이름은 아니다. 그저 비즈니스를 위한 SNS 전용 아이디일 뿐이다. 하지만 왜 하필이면 '존'과 '마이크'인가. 20세기 말에나 통용될 법한 이름들. 어쩌면 그래서 지금 이렇게 대화를 나누고 있는 것은 아닐까?

"대안고래 질주 프로젝트 실패했대요. 지금 다들 사기라고 난리예요. 이거 못 봤어요?"

고유명사가 들어간 데다 흥분해서 발음이 뭉개진 탓에 결과물 상태가 말이 아니었다.

—대한고래 시추 프로젝트 실패 했대요. 지금 다들 사기라고 난리예요. 이거 못 봤어요?

뭐, 맥락상 전달은 될 거다. 그리고 존은 신기할 정도로 의택의 메시지를 잘 이해했다. 현도나 태호 형보다 더. 그 부분은 정말 고맙게 생각하고 있었다. 소통이 안 된다는 건 매우 슬픈 일이기 때문이다.

—봤죠. 어딜 가나 이 얘긴데요.

의택은 저도 모르게 또 한 번 안도했다. 아니, 근데 너무 태평한 거 아냐? 의택은 당장 쏟아내고 싶은 말이 많았다. 작업에 실패했다면 우리 돈은 어떻게 되는 거냐. 정말 이것이 대통령이었던 인간의 대국민 사기극이었다면 어떻게 되는 거냐. 우리도 사기당한 거 아니냐. 아니, 내가 당신한테 사기당한 거 아니냐. 내 돈 지금 어디에 있냐. 하지만 만에 하나 일이 의택이 생각하는 것만큼 극단적인 상황이 아니라면?

그럼 존 입장에서 매우 불쾌하지 않을까? 너무 불쾌한 나머지 의택의 연락을 더는 받지 않는다면? 그럴 경우에 의택이 할 수 있는 일이라고는 경찰에 신고하고 기다리는 것뿐이지 않을까? 이게 무슨 중고 거래 사기 건도 아니고, 남은 인생이 걸린 일이었다. 그냥 끝이라고 보는 게 합리적일 터였다. 의택은 감각도 없는 전신에서 핏기가 마르는 듯한 느낌을 받았다. 기분이 매우 더러웠다. 의택은 말했다.

—포항은 어때요?

—포항은 지금 비바람 쳐요.

하필이면 이런 타이밍에 존식 화법이 나오다니. 이런 말 떠올리고 싶지도 않지만 신도 참 가혹하시지.

—비유인가요? 상황이 안 좋다는.

존이 이미지를 공유했다. 기상청 웹사이트 캡처 이미지였다. 포항 날씨는 정말로 좋지 않았다. 존은 대체 뭐 하는 사람일까. 존과 대화하다 보면 간간이 드는 생각이었다. 다만, 의택은 존과의 이런 터무니없는 대화를 꽤 즐겼다.

—저… 사업은 어떻게 되는 걸까요?

내 돈은요? 의택은 뒷말을 약 삼키듯 꿀꺽 삼켰다.

—이제 겨우 1차일 뿐이에요. 확률이 통상보다 낮은 건

천안 순천향대병원, 마이크 앤드 존

45

모두 알고 있는 거잖아요.

그렇다. 시추 작업 특성상 성공 확률은 일반적으로 기대할 수 있는 수치에 비해 낮다. 그렇기에 하이 리스크, 하이 리턴이 되는 것이다. 하이 리스크, 하이 데스가 될 수도 있다는 게 문제지만.

─조급해할 것 없어요. 오히려 첫 삽을 떴으니 안도해야죠. 작업은 실제로 이루어졌고, 매몰비용도 발생했어요. 최소한 우리 투자는 사기가 아니에요.

존의 말에 안도하려던 의택은 묘한 뒷맛에 입술을 핥았다. 존이 안도시키려는 건 누구인가? 마이크? 아니면 존 자신? 그렇게 생각하자 댐이 무너져 내리듯 두려움이 범람하기 시작했다. 의택은 반사적으로 휠체어 팔걸이에 걸어둔 가방을 더듬었다. 공황 발작을 억제하는 약통이 거기에 존재한다는 것을 확인하는 것만으로도 상태가 나아지기 때문에 생긴 습관이었다. 이번에도 유효했다. 의택은 단호하게 말했다.

─죄송하지만 돈 돌려주세요
10분 같은 10초 후에 존이 말했다.
─수익금을 말하는 거라면 아직 정산이 안 됐는데요.

―수익금 말고 투자금요. 백 퍼센트 아니어도 되니까 돌려주세요 내 돈. 부탁합니다.

스스로 생각해도 어이가 없었다. 하지만 절실했다.

―존 씨, 정말 죄송해요. 근데 제가 사정이.

의택은 멈칫했다. 내가 장애인인데 장애인을 위한 사업을 시작하려고 장애인 친구랑 준비 중이었다, 그 돈 아니면 나랑 친구랑 다 죽는다, 뭐 이렇게 말하나? 그걸 믿나? 아니, 믿든 말든, 이게 다 무슨 짓이지? 의택은 그냥 죽고 싶어졌다. 존이 이대로 연락을 끊어버린대도 할 말이 없었다. 사고 직후 내내 시달렸던 무력감이 다시금 목구멍을 치고 올라왔고 호흡마저 가빠졌다. 다시 손이 약통이 있는 주머니 쪽으로 갔지만 이번에는 억지로 그 손을 물렸다. 차라리 잘됐다. 활동지원사가 오기 전에 죽자. 시체가 된 의택을 보고 놀라긴 하겠지만 프로니까, 잘 처리해주지 않을까?

―어… 저기요….

존이 말했다.

―음… 그러니까… 그게 말이죠.

의택은 숨이 가쁜 것도 잊고 존의 다음 말풍선을 기다렸다. 한참 만에 존이 던진 내용은 한 번에 이해하기 어려운

천안 순천향대병원, 마이크 앤드 존

것이었다.

　—저희 아무래도 투자금을 모두 잃은 것 같습니다. 정
말 죄송합니다.

대면

　

"지금 천안아산역에서 내렸는데요, 몇 번 출구로 나가면 돼요?"

—천안아산역 아니고 천안역이에요.

전화기 너머에서 '마이크'가 건조하게 말했다. 보라는 단번에 이해하지 못했다.

"네?"

—그냥 천안역이라고요. 천안아산역이 아니고.

"네? 아, 저, 저는, KTX 타고, 천안아산역에서 내렸는데…"

—아산역에서 1호선 타세요.

천안역, 대면

"네?"

—아산역요. 1호선 타시라고요. 와서 전화하세요.

그리고 전화는 끊어졌다. 철도역 천안아산역에서 걸어서 지하철 아산역으로 이동해서 조금 기다려 들어온 지하철 1호선을 타고 쌍용역, 봉명역을 거쳐 천안역에 도착할 때까지 보라는 전화기 화면을 들여다보고 있었다.

마이크가 굳이 닉네임을 쓰는 것은 이상한 일이 아니었다. 보라도 SNS에서 외국인 남자 이름으로 보이는 닉네임을 쓰고 있었다. '분양 설계사'는 '여성스러움을 어필하라'고 조언했지만 보라는 그렇게까지 하고 싶지 않았다. 보라는 자신이 하는 일이 정당한 투자 상담과 영업이라고 믿고 있었다. 최소한 그때까지는 그랬다. 유사 연애 혹은 연애 사기는 그녀가 원하는 분야가 아니었다. SNS에서 '여성스러움을 어필'하면 투자자가 훨씬 더 빨리 모인다고 '분양 설계사'가 장담했다. 반면 보라의 개인적인 경험으로는 남자인 척하는 쪽이 훨씬 더 안전했다.

이 상황에서 이상하다면 이상한 쪽은 마이크였다.

—너는 사기꾼이다. 찾아내서 죽여버리겠다.

그녀가 전화를 받지 않으면 투자자들은 대부분 이런 내

용의 메시지를 보냈다. 표현 방식은 여러 가지였지만 골자는 대체로 비슷했다.

—너는 사기꾼이다. 내 돈을 내놔라.

—너는 사기꾼이다. 너의 집을 찾아내서 너와 너의 가족을 해치겠다.

—너는 사기꾼이다. 그 돈이 어떤 돈인지 아냐.

—너는 사기꾼이다. 내 돈을 훔쳤다. 너의 여러 신체 부위를 자르거나 뽑겠다.

보라는 전화기를 꺼놓고 한동안 다시 켜지 않았다. 그녀 자신도 '분양 설계사'에게 똑같은 말을 해주고 싶었다. '분양 설계사'와 자신의 관계가 자신과 투자자들의 관계와 같다면 자신도 '분양 설계사'처럼 전화번호를 바꾸고 SNS 계정을 모두 삭제하고 잠적해야 하지 않을까, 보라는 몇 번이나 고민했다.

그렇게 하지 않은 이유는 투자자들에 대한 책임감 때문이 아니었다. 혹시나 '분양 설계사'나 대안고래 질주 프로젝트에 대해서 아는 사람이 자신에게 연락을 해주지 않을까 하는 실낱같은 희망 때문이었다. 자신과 같은 피해자가 나타나서 함께 이 난관을 타개할 방법을 알려주지 않을까. 최소한,

천안역, 대면

이 난관을 타개할 방법을 함께 고민이라도 해줄 사람이 필요했다. 보라도 대출받은 돈을 전부 '분양 설계사'에게 넘겼기 때문이다. 투자자들에게 받은 돈도 전부 '분양 설계사'가 송금하라는 계좌로 나누어 보내버렸기 때문이다. 보라도 손에 남은 돈이 한 푼도 없었기 때문이다. 차라리 한 푼도 없었다면 나았을지도 모른다. 보라에게 남은 것은 빚이었다. 거액의 빚이었다. 보라도 피해자였다.

그리고 가해자였다. 보라는 어떻게 해야 할지 알 수 없었다.

—어떻게 된 겁니까?

마이크는 보라가 투자 상담을 할 때 사용했던 SNS 메신저를 통해 이렇게 물었다.

—돈이 어디서 들어오기로 돼 있었죠?

욕설도 협박도 아니었다. 그것은 질문이었다. 보라가 대답할 수 있는 질문이었다. 보라는 '분양 설계사'에 대해 아는 대로 설명했다.

—존 씨도 투자금을 그쪽으로 보냈다고요?

마이크가 재차 확인했다. 보라는 플랫폼마다 다른 닉네임을 사용했다. 유독 마이크만 꼬박꼬박 "존 씨"라고 경칭을

붙여 불러서, 메시지를 볼 때마다 조금 웃기다고 생각했었다. 지금은 전혀 웃기지 않았다.

마이크가 제안했다.

—만나서 의논을 좀 해보죠. 앞으로 어떻게 해야 할지.

그래서 보라는 고속철도를 타고 천안아산역에서 내려 다시 지하철 1호선을 타고 천안역으로 향하게 된 것이다. 지푸라기라도 잡는 심정으로, 자신이 설득해서 사기극에 끌어들인 피해자에게 도움을 받을 수 있을까 하는 막연한 희망을 가지고.

보라는 언제나 도움을 찾아 다녔다. 보라의 인생은 이 지푸라기에서 저 지푸라기를 향해 손발을 휘저으며 점점 더 물속에 빠져드는 과정이었다.

"무슨 걱정거리라도 있어?"

보라가 강의실 앞 벤치에 앉아 있을 때 다가와 옆에 앉은 여성이 친절하게 말을 걸었다. 보라는 모르는 사람이었지만, 여성은 보라와 교양 수업을 함께 듣는 선배라고 했다. 여성은 강의 시간도, 강의실 번호도, 교수 이름도 알고 있었다. 자신은 출석을 부르면 대답만 하고 도망치기 쉽도록 언제나 뒷문에 가까운 자리에 앉는다며 여성은 웃었다. 보라도 웃었다.

그래서 보라는 털어놓았다. 첫 수업 날 영어 교재를 구입했는데, 학기 중반에 접어들도록 그 어느 수업에서도 그녀가 구입한 교재를 사용하지 않았다. 보라는 학과에 문의했고, 그런 교재는 사용하지 않는다는 대답을 들었다.

"좀 잘 알아보고 사지 그랬어."

학과 조교가 딱하다는 표정으로 말했다.

보라는 황급히 교재를 판매한 어떤 '문화사'라는 곳에 문의했다. 이미 한 달 이상 지났기 때문에 반품은 받지 않는다고 했다. 교잿값은 100만 원에 육박했고 카드 할부가 아직도 6개월이나 남아 있었다.

"그랬구나. 그 사람들 너무하네."

선배가 동정적으로 말했다. 그리고 잠시 궁리하더니 제안했다.

"내가 아는 커피숍에서 알바생 구하거든. 같이 갈래?"

보라는 고개를 끄덕였다. 대학에 들어가면 으레 아르바이트를 하는 것이라고 알고는 있었지만 어떻게 해야 일자리를 구할 수 있는지는 알지 못했다. 누구나 스마트폰을 가지고 다니며 앱을 통해 일자리를 구하던 시절도 아니었다. 보라는 대학 선배에게 일자리를 소개받는 것이 자연스럽다고 여겼다. 이렇게 해서 보라는 자칭 선배라는 여성의 손에 이끌려 이른바 '수련원'이라는 곳에서 일하게 되었다.

일 자체는 어렵지 않았다. 병에 든 음료수를 팔고 돈을 받고 거스름돈을 내주는 일이었다. 가끔 손님이 없을 때면 가게 안을 청소했다. 함께 일하는 사람들은 모두 친절했고 보라를 몹시 반가워하며 환영해주었다. 보라는 선배의 말을 듣기를 잘했다고, 이곳에서 일하게 되어 정말 다행이라고 진심으로 기뻐했다.

그리고 지금까지 보라는 첫날의 그 환대를 계속 찾아 헤매고 있다. 이것이야말로 내가 할 일이고, 여기 이 사람들 사이에서라면 나는 안심할 수 있고 빛날 수 있다는, 이상적인 삶의 장소를 찾았다는 그 완벽한 안도감과 소속감을 마약 중독자가 약을 찾듯이 성년을 맞이한 직후부터 지금까지 내내 구하고 있다.

수련원에서 보라는 돈을 한 푼도 벌지 못했다. 보라는 수련원에 딸린 가게에서 파는 음료수가 매우 마음에 들었다. 그래서 함께 일하는 선배들에게 병에 든 음료수의 성분과 각

성분의 효용에 대해 배웠다. 그리고 음료수의 제조법과 성분에 담긴 철학을 배우기 위해 '선생님'의 수업을 신청했다. 수업을 듣고 일을 하다 보니 시간이 부족하고 몸이 피곤했다. 보라는 학교에 점점 가지 않게 되었다. '선생님'의 철학은 보라에게 심오하고 매력적으로 보였다. 그 심오하고 매혹적인 수업은 공짜가 아니었다. 음료수를 팔아 그녀가 받는 월급은 다시 수련원에서 수업을 듣는 비용으로 고스란히 들어갔다. 보라는 휴학을 하고 등록금을 돌려받아 수련원의 수업 비용을 충당했다. 보라의 대학은 2년제였고 휴학할 수 있는 학기 수는 한정되어 있었다. 가족이 등록금의 행방에 대해 묻기 시작하자 보라는 필요한 최소한의 짐만 챙겨 수련원으로 거처를 옮겼다.

"너 미쳤어?"

가족들은 이렇게 소리쳤기 때문이다.

"한두 푼도 아닌데 그걸 다 어떻게 했다고?"

수련원에서는 아무도 그런 식으로 소리 지르지 않았기 때문이다.

천안역 1번 출구에서 계단을 내려와 보라는 주위를 둘

러보았다. 주차장은 넓지 않았고 택시가 줄지어 서 있었다. 보라는 택시 쪽을 쳐다보지 않으려 고개를 돌렸다.

자동차 경적 소리가 갑자기 울려서 보라는 펄쩍 뛸 뻔했다.

"존 씨?"

보라는 돌아보았다. 경차 한 대가 보도 앞에 서 있었다.

"존 씨, 맞아요?"

운전석에 앉은 사람이 큰 소리로 물었다. 지나가던 사람들이 돌아보았다.

남의 눈에 띄어서 즐거울 만한 일이 아니다. 보라는 서둘러 경차의 조수석 창가로 다가갔다.

"그쪽 말고, 이쪽으로 오세요."

안에 앉은 사람이 운전석 쪽으로 손짓했다.

모르는 사람의 차에 타지 않고 대화만 할 수 있을지도 모른다. 보라는 재빨리 차 뒤로 돌아서 운전석에 다가갔다.

운전석에 앉은 사람이 보라에게 불쑥 뭔가 내밀었다. 보라는 엉겁결에 받아 들었다.

"신분증 줘요."

"네?"

보라가 어리둥절해서 되물었다. 마이크가 운전석에 앉은 채로 다시 말했다.

"신분증 달라고요. 서로 누군지는 알아야 얘기를 할 거 아니에요."

"아니, 저는…."

보라는 변명하거나 반박하려 했다.

뒤에서 자동차 경적 소리가 들려서 보라는 깜짝 놀랐다. 뒤돌아보려 했을 때 운전석에 앉은 남자가 말했다.

"내 신분증 줬잖아요. 그러면 그쪽도 민증 까야 공평하죠. 계속 서로 마이크니 존이니 할 거예요?"

남자의 말에 보라는 얼떨결에 손에 든 신분증을 내려다보았다. 운전면허증이다. 이름과 주소, 갱신 기간 아래 '조건'이라는 항목과 알파벳 글자들이 보였다.

"신분증 안 줄 거예요?"

남자가 다시 큰 소리로 물었다.

"그럼 내 신분증 내놔요. 시간만 버렸네."

남자의 말이 끝나자마자 맞장구라도 치듯이 다시 뒤에서 자동차 경적 소리가 신경질적으로 울렸다.

보라는 서둘러 가방에서 지갑을 꺼냈다. 그리고 자기 신분증을 꺼내서 남자의 신분증과 함께 운전석 창문에 들이밀었다.

다시 뒤에서 자동차 경적이 울렸다. 이번에는 하나가 아니었다.

"야!"

누군가 거칠게 고함쳤다.

"비켜! 길 막고 서서 뭐 하는 거야!"

"거참 되게 시끄럽네."

남자가 얼굴을 찡그렸다. 그리고 보라가 내민 신분증을 잡아채며 말했다.

"타요."

"네?"

보라가 다시 어리둥절해서 물었다. 남자가 더욱 얼굴을 찡그리며 말했다.

"타라고요. 택시 아저씨들이 화내잖아요."

보라는 뒤를 돌아보았다. 남자가 탄 경차 뒤로 택시 세 대가 줄지어 서 있었다. 운전석 창문마다 짜증 난 기사들이 얼굴을 내밀고 보라와 경차를 노려보고 있었다.

보라는 황급히 경차 앞으로 돌아 조수석 쪽으로 왔다.

천안역, 대면

그러나 문을 열기 전에 다시 망설였다. 천안역은 보라가 모르는 장소였고, 마이크도 전혀 모르는 사람이었다.

뒤에서 기다리는 택시들이 다시 일제히 경적을 울리기 시작했다. 이번에는 고함 소리와 함께 욕설도 들려왔다.

보라는 도망치고 싶었다. 천안역으로 달려 들어가 지하철을 타면 서울로, 집으로 돌아갈 수 있다.

그러나 경차 운전석의 남자가 자신의 신분증을 가지고 있었다. 그리고 신분증에는 자신의 이름과 주민등록번호와 주소가 명기돼 있었다.

보라는 다급하게 경차 문을 열고 조수석에 올라탔다.

"안전벨트 해요."

남자가 건조하게 말했다.

차가 출발했다.

차는 천안역 앞 교차로를 지나 잠시 직진하다가 오른쪽의 좁은 차로로 빠졌다. 그리고는 내리막길을 따라 지하 통로로 내려가기 시작했다.

"여기가 어디예요?"

보라가 겁을 먹고 물었다.

“지금 어디로 가는 거예요?”

“주차장이에요.”

남자가 대답했다.

“왜… 왜 주차장으로 가요?”

남자는 대답하지 않았다.

지하 주차장에는 차가 많지 않았다. 남자는 쉽게 빈 주차 공간을 찾아 후진으로 경차를 집어넣었다. 시동을 끄고 나서 남자는 차 안의 천장등을 켰다. 그리고 보라의 신분증을 자세히 들여다보았다.

“주세요, 신분증.”

보라가 불안하게 말했다.

“왜 이런 데로 온 거예요?”

“다른 데는 내가 갈 수가 없어요.”

남자가 여전히 보라의 신분증을 들여다보면서 말했다. 앞면에 적힌 사항을 전부 외울 듯이 들여다보더니 뒤를 돌려 보라의 지문을 가만히 쳐다보았다. 그리고 마침내 보라에게 신분증을 돌려주었다.

보라는 남자의 손에서 신분증을 낚아챘다. 그리고 문을 열고 차에서 뛰어나가려 했다.

천안역, 대면

차 문이 열리지 않았다.

"이거, 왜 안 열려요?"

보라는 당황했다.

"문 열어주세요!"

보라가 소리쳤다. 문을 잡고 흔들었다. 차 문은 열리지 않았다.

남자는 그런 보라를 말없이 보고만 있었다. 아무리 흔들어도 문을 열 수 없다는 사실을 깨닫고 보라가 마침내 차 문을 흔들기를 멈추었다.

"얘기하기로 했으니까, 얘기해봐야죠."

남자가 기다렸다는 듯 입을 열었다.

"내 돈 어떻게 했어요?"

보라는 그제야, 아무 맥락 없이, 남자가 휠체어에 앉아 있는 것을 보았다. 운전석이 휠체어로 만들어진 것인지, 아니면 남자가 휠체어에 앉은 채로 운전석에 탈 수 있는 것인지 그녀는 잠시 혼란스러워졌다. 휠체어가 차 안에 들어올 수 있다는 사실도 보라는 지금 태어나서 처음 알았다.

"이봐요, 내 돈 말예요."

보라가 대답 대신 자신의 휠체어를 바라보고 있는 것을

알고 남자가 다시 물었다.

"누구한테 줬냐고요."

돈을 더 보내면 돈을 돌려주겠다.

'환급 대행사'의 제안을 요약하면 이러했다. 이것은 전형적인 사기 수법이다. 보라는 언제나 그렇듯 의심하지 않았다. 투자 원금을 돌려받을 가능성, 피해자들의 돈을 되찾아줄 가능성이 나타났다는 그 한 가지 사실에 매달려 보라는 다른 것을 생각할 여력이 없었다.

이 사기 수법에는 심지어 이름도 있다. '나이지리아 419 사기'라고 하는데, 나이지리아에서 시작되었고 해당 국가 형법 제419조가 사기 범죄에 관한 조항이기 때문에 이런 이름이 붙었다고 대한민국 외교부 재외국민보호 업무 정보 게시판에 나와 있다. 초창기 주요 수법은 불특정 다수를 대상으로 하는 메일 사기였는데 범죄자가 해외 고위층, 왕족, 귀족, 자산가, 해외 은행 고위 임원 등을 사칭하면서 정치 불안정, 내전, 암살 위험 등을 이유로 자신이 국외로 탈출해야 하니 은닉 자금을 현금화해달라고 부탁하는 형태가 전형적이다. 송금 수수료나 은행 수수료, 변호사 선임비 등의 비용을 대주면 숨겨둔 거액의 자산을 나누어 주겠다는 것이다. 혹은 거액의 수표를 보내준다고 약속하면서 금액 중 일부만 자신에게 송금해주면 나머지는 피해자가 가져도 좋다고 약속하기도 한다. 물론 수표는 오지 않는다. 혹은 수표를 실제로 보내준다고 해도 그것은 국내 은행에서 입금하거나 현금화할 수 없는 가짜다.

모바일 기술이 발전하면서 사기범들이 약속하던 가짜 수표는 이제 가짜 가상화폐로 진화했다. 거액의 수표 대신 거액의 가상화폐를 가짜로 지급한 뒤에 실수로 너무 많이 입금했으니 피해 금액을 제외한 나머지 차액을 다시 돌려보내라고 하는 것이다. 물론 가상화폐는 가짜이므로 현금화할 수 없으며 범죄자가 요구하는 돈을 보내고 나면 가상화폐에 접근하는 것처럼 보이던 웹 페이지는 사라진다.

로맨스 사기, 주식이나 가상화폐의 등락을 미리 읽어내어 투자 방향을 알려준다는 '리딩방' 사기, 로또 당첨 번호를 알려준다는 사기 등도 근본적인 구조는 모두 같다. 연인의 모습, 전문가, 연구원, 인공지능 등을 동원하여 피해자의 신뢰를 얻어낸 뒤 이를 바탕으로 더 큰 돈, 경제적 안정, 혹은 미래의 행복을 얻을 수 있다고 유혹하며 돈을 요구한다.

여기서 한 걸음 더 나아가 범죄자들은 한번 피해를 당한 사람에게 다시 연락해서 '나이지리아 국제사기 피해보상 대상자 지정'을 언급하며 피해 보상을 받고 싶으면 변호사 비용, 은행 수수료 등을 입금하라고 또다시 사기를 친다. 그러면서 범죄자들은 요구하는 금액을 입금하지 않으면 뜯긴 원금을 돌려받을 수 없을 뿐만 아니라 다른 피해자들도 참여하는 국제적인 소송의 진행을 망치게 된다고 협박한다. 그러고는 다른 피해자들의 변호사 비용과 피해 보상까지 모두 뒤집어쓸 수 있으니 정해진 시간 안에 빨리 돈을 보내라고 독촉한다.

시대와 상황에 따라 도입부는 다양하지만 요약하면 위와 같다. 돈을 보내주면 나중에 웃돈을 얹어 돌려주겠다는 것이다. 혹은, 이미 사기당했지만 돈을 더 보내주면 나중에 사기당한 금액을 돌려주겠다는 것이다.

—지금 피해자들 단체로 소송하고 있어요. 소송 참여하시면 피해 금액 확실히 돌려받으실 수 있습니다. 참여하실 거예요?

이 문자 또한 사기였다. 보라는 참여하겠다고 대답했다. 보라는 절박했고, 냉정하게 생각하고 결정할 여유 따윈 없었기 때문이다.

　매몰비용이란 과거의 선택에 대해 다시는 회수할 수 없게 된 돈을 말한다. '다시 찾을 수 없다'는 것이 중요하다. 이에 비해 기회비용이란 여러 대안들 중에서 하나를 선택할 때 선택하지 않았던 대안들 중에서 가장 좋은 것의 가치이다. 기회비용은 선택지가 여러 개 있는 상황을 전제로 한다. 사기꾼들은 존재하지도 않는 선택지를 제시하며 피해자들의 돈을 뜯어 간다. 피해자들은 뜯긴 돈을 다시 찾을 수 없다는 현실을 받아들이지 않기 위해, 매몰비용이 아니라고, 선택지가 아직 있다고 믿고 싶어서, 돈을 더 들여서라도 잃은 돈을 되찾으려 시도하는 비이성적인 선택을 한다. 사람 마음이란 게 그렇기 때문이다. 인간이 언제나 이성적인 선택을 하는 건 아니라는 뻔한 사실을 발표한 경제학자는 '행동경제학의 아버지'라는 찬사와 함께 노벨상을 받았다. 현실에서 비이성적인 선택을 한 인간은 모르는 사기꾼의 전화를 받는다.

　보라는 모르는 사람이 자신에게 먼저 연락해서 피해 보상을 언급했다는 사실 자체를 희망적인 징조로 여겼다. 범죄자들 사이에 피해자 연락처를 모은 데이터베이스가 거래되고 있다는 사실, 이 데이터베이스에 한번 저장되면 연락처 정보가 이 손에서 저 손으로 넘어갈 때마다 범죄자들이 주기적으로 돌아가면서 연락해서 사기 치는 목표물이 된다는 사실을 보라는 알지 못했다. 그래서 보라는 자신이 악한 의도를 가진 게 아니라는 점을 의택에게 증명하기 위한 방편으로 '환급 대행사'의 번호를 알려주었다.

"여기서 피해자들 모아서 소송 진행하고 있대요. 저도 소송단 가입했어요."

자칭 환급 대행사가 요구한 '변호사 수임료'를 내기 위해 보라는 마지막 투자자가 보낸 투자금 중에서 남은 돈을 전부 긁어모아 보냈다. 그 마지막 투자자가 의택이었다. 물론 보라는 이런 자세한 설명을 굳이 덧붙이지 않았다. 대신 이렇게 말했다.

"의심스러우면 직접 전화해보세요."

의택은 고개를 움직이지 않고 보라가 내민 화면만 흘끗 바라보았다. 그리고 번호를 하나씩 소리 내어 말했다. 보라가 내비게이션 장치 화면이라고 생각한 설비가 의택이 부르는 번호를 받아 보여주었다.

"통화."

의택이 말했다. 화면이 전화를 걸었다. 신호음이 차 안에 울려 퍼졌다. 보라는 깜짝 놀라 두리번거렸다. 보라는 차를 소유해본 적도 운전해본 적도 없었다. 그러므로 보라에게 이것은 모두 생전 처음 보는 광경이었다.

신호가 오래 울리기 전에 남자의 목소리가 전화를 받았다.

—예, 여보세요.

"환급 대행해주신다면서요?"

의택이 다짜고짜 물었다. 스피커 너머의 정체 모를 남자가 바로 대답했다.

—예, 그렇습니다. 사건 번호 말씀하시죠.

"사건… 번호요?"

의택이 보라를 바라보았다. 보라는 고개를 저었다. 번호 같은 건 받은 적이 없었다. 의택이 내뱉었다.

"번호는 모르겠고 시추공 분양 건 투자금 환급받으려고 하는데요."

—아 예, 시추공….

스피커 저편에서 타다다닥, 하고 키보드 두드리는 소리가 들려왔다.

—집단 소송 참여하시려면 우선 수임료 800만 원에 부가세 10퍼센트 별도고요, 입금 계좌는 문자로 보내드립니다.

"제 돈은 언제 받을 수 있는데요?"

스피커 너머의 남자가 말을 채 끝내기 전에 의택이 물었다.

—이런 소송은 보통 1년 정도 걸립니다만 지금 이미 다른 분들이 가입하셔서 소를 걸어놓은 상태이기 때문에 6개월 정도 기다리시면 환급 가능하십니다.

"6개월이나요?"

의택의 목소리에서 실망감을 감지한 듯, 남자가 재빨리 대답했다.

—그보다 더 빨리 환급받으시려면 저희 프리미엄 서비스에 가입하셔야 하는데 그러려면 추가금이 들어갑니다. 저희 팀장님이 관리하시는 특별 소송단으로 옮기시면 3개월 안에 환급 가능하신데 비용은 1,000만 원이 들어가고요. 부장님이 관리하시는 하이 프로파일 고객으로 가입하시면 한 달 안에도 환급 가능하십니다. 이쪽은 비용이 1,500만 원 들어가고 부가세 10퍼센트는 전부 별도입니다.

"1,500요…?"

천안역, 대면

69

의택의 목소리가 점점 낮아졌다.

"그 돈 내고 한 달이나 기다리라고요?"

남자가 스피커 너머에서 참을성 있게 설명했다.

—한 달이면 굉장히 빠른 겁니다. 이미 말씀드렸듯이 보통 이런 사건은 1년 이상 걸리는 경우가 태반입니다.

"부장님은 뭘 어떻게 하시길래 1년 걸릴 사건이 한 달 안에 해결되는데요?"

스피커 너머의 남자가 조금 웃었다.

—그건 자세히 말씀드릴 수가 없고요. 포항 지진 사건 아시죠? 지진 피해 시민들이 국가를 상대로 단체 소송 건 거?

"네. 그래서요?"

의택이 태연하게 말했다. 보라는 옆에서 놀라며 듣고 있었다. 보라는 포항에서 지진이 일어난 것도, 그 때문에 소송이 일어난 것도 전혀 몰랐다.

—그거 저희 부장님이 맡아서 보상금 다 받아냈습니다. 피해 규모에 따라 다르지만 억대로 받으신 분도 수두룩합니다. 1,500만 원이 결코 비싼 돈이 아닙니다.

남자는 차분하고 확신에 찬 어조로 말했다.

“그럼 지금 돈 보내면 한 달 안에 환급 가능하다는 말이죠?”

의택이 다짐했다.

—그렇죠. 빨리 가입하시는 게 아무래도 유리하죠.

대답하는 남자의 목소리 뒤로 다른 소리가 겹쳐 들렸다. 의택이 다시 물었다.

“뭐라고요?”

—빨리 가입하시는 게 유리하십니다. 소송이 일단 끝나고 나면 환급받으실 길이 없으세요.

남자가 좀 더 큰 소리로 다시 말했다.

그 목소리 뒤로 계속 여러 가지 소리가 비죽비죽 끼어들고 있었다.

의택이 잠시 생각했다. 그리고 불쑥 물었다.

“그 회사는 포항에 있는 거예요?”

—네?

남자가 당황한 듯 되물었다. 의택이 다시 말했다.

“그쪽 회사 말예요. 포항에 있는 거예요?”

—아, 저희 사무실요?

남자가 도로 차분하고 자신만만한 어조로 말했다.

천안역, 대면

71

─저희는 사건을 전국구로 맡고 있습니다. 가입은 어디서든 가능하십니다.

"그럼 사무실은 서울에 있는 거예요? 찾아가서 상담하려면 어떻게 해야 돼요?"

의택이 다시 물었다.

─고객님들의 편의를 위해서 상담은 전화와 온라인으로 가능하십니다. 일일이 찾아오시려면 불편하시니까요.

남자가 친절하게 대답했다. 그리고 덧붙였다.

─어떻게, 지금 가입하시겠어요? 한 달 안에 사건 마무리되는 분들도 계시기 때문에 빨리 소송 참여하시지 않으면 환급 불가능하실 수도 있으세요.

"돈 보내면 바로 소송 참여할 수 있는 거예요?"

─예, 그렇죠.

남자가 대답했다.

"그러면 은행 계좌하고 다 보내주세요."

─예, 알겠습니다. 오늘 내로 입금 부탁드립니다.

남자가 전화를 끊었다. 의택은 가만히 앉아서 화면을 바라보았다. 그리고 말했다.

"되감기."

화면에 화살표가 나타났다. 화살표가 왼쪽을 가리켰다. 의택은 화면을 지켜보다가 말했다.

"재생."

화살표가 오른쪽을 가리켰다.

—그렇죠. 빨리 가입하시는 게 아무래도 유리하죠.

'환급 대행사' 남자의 목소리 뒤로 시끄러운 소리가 겹쳐 들리고 있었다.

"뭐예요?"

보라가 물었다. 의택은 대답하지 않았다. 화면만 바라보았다.

"되감기."

그리고 의택은 같은 부분에 다시 한번 집중해서 귀를 기울였다.

"뭐 하냐고요?"

보라가 다시 물었다.

"있어봐요."

의택이 쏘아붙였다. 그리고 화면을 향해 말했다.

"빨리 감기."

오른쪽을 향하는 화살표가 두 개가 되었다. 의택은 화면

천안역, 대면

73

을 바라보았다.

"재생."

오른쪽 화살표가 사라지더니 하나만 나타났다. 다시 스피커에서 남자의 목소리가 들렸다.

—아, 저희 사무실요?

"뒤에 저거 들리죠?"

의택이 말했다.

"뭐가 들려요?"

보라가 어리둥절해서 물었다.

"남자 말하는데 방송하는 소리 들리잖아요."

의택이 중얼거렸다. 그리고 화면을 향해 다시 명령했다.

"되감기. 소리 크게."

—그렇죠. 빨리 가입하시는 게 아무래도 유리하죠.

남자의 목소리가 차 안에 천둥처럼 울렸다. 보라는 귀를 막았다. 의택은 아랑곳하지 않았다.

"방금 들었죠?"

이번에는 보라도 들었다. 경쾌한 국악을 연주하는 음악 소리와 함께 녹음된 안내 방송이 나오고 있었다.

—이번 역은 저희 열차의 종착역인 포항, 포항역입니다.

승객 여러분께서는 잊으신 물건 없이…

그제야 보라는 의택이 어째서 통화 녹음을 여러 번 되감아 들었는지 이해할 수 있었다.

의택이 말했다.

"이것만이 아니에요."

의택은 녹음 파일을 다시 감았다.

—아, 저희 사무실요?

남자가 말하는 목소리 뒤로 또 다른 목소리가 들렸다.

—포항에서 동대구를 거쳐 행신으로 향하는 KTX 열차가 타는 곳 4번으로….

"포항이네."

의택이 말했다.

"이 자식들 포항에 있네."

"이 자식들이 누군데요?"

보라가 어리둥절해서 되물었다.

"사기당한 돈 찾아준다는데 그 사람들을 왜 쫓아가요?"

"사기꾼들이 포항에 있으니까 이 사람들도 잡으러 갔거나, 아니면 한패라서 포항에 같이 숨어 있거나, 하여간 포항이잖아요."

천안역, 대면

75

의택이 대답했다. 그리고 차의 시동을 걸었다.

‘한패’라는 말에 보라는 충격을 받았다. ‘환급 대행사’가 사기꾼들과 한패일 수 있다는 가능성을 보라는 한 번도 상상해본 적이 없었다. 상상하고 싶지 않았다. ‘환급 대행사’는 지금 보라에게 마지막 희망이었다. 투자자들에게 전달받고 다시는 돌려줄 수 없게 된 돈을 단번에 찾아줄 마지막 기회, 꼬여버린 자신의 인생을 한 방에 풀어버릴 마지막 기회라고 보라는 굳게 믿었다. ‘환급 대행사’가 사기꾼들과 한패일 수는 없었다. 그래서는 안 되었다.

“하, 한패라고요?”

보라가 중얼거렸다. 의택은 대답하지 않았다.

“하, 한패든, 아니든, 그, 그 사람들이 진짜로 포항에 이, 있는지, 아닌지 어떻게 알아요?”

보라가 더듬거리며 물었다.

“포항역이라고 안내 방송에서 그랬잖아요.”

의택이 심드렁하게 대답한 뒤에 화면을 보며 말했다.

“포항역.”

의택의 명령을 인식한 내비게이션이 포항역까지 가는 경로를 탐색하기 시작했다.

“아니 내 말은 그러니까, 그, 그 사람들이 포항을 거쳐서 다른 데로 도망가버리면 어떻게 해요? 벌써 도망가고 없으면 무슨 수로 잡아요?”

내비게이션이 경로를 확정하기 전에 화면에 ‘포항역 KTX’, ‘포항역 주차장’, ‘구포항역’ 등 여러 가지 선택지가 떠올랐다.

“그럼 포항 말고 우리가 지금 가진 단서가 뭐가 있어요?”

의택이 보라를 쳐다보지도 않고 반박했다. 그리고 화면을 향해 말했다.

“포항역 KTX.”

내비게이션이 경로를 제안했다. 의택이 다시 말했다.

“최단 경로.”

보라가 다급하게 목소리를 쥐어짜듯이 언성을 높였다.

“그 사람들이 포항역에서 우리가 오길 얌전히 기다리고 있을 것 같아요?”

의택은 차를 출발시켰다.

보라는 포항에 가고 싶지 않았다. ‘환급 대행사’든 알고 보니 사기꾼들이든 대면하고 싶지 않았다. ‘환급 대행사’가

달라는 대로 돈을 주고 가만히 앉아서 기다리면 그 돈을 받아 간 사람들이 소송을 진행하든 사기꾼들을 찾아내든 뭔가 마법 같은 수단을 써서 사기당한 돈을 되찾아줄 것이다. 보라는 그렇게 믿고 싶었다. 그런 빠르고 편한 해결책을 갈망했다. 그런 해결책이 실제로 존재하지 않는다는 것, 그 해결책을 구입하기 위해 넘겨준 돈 또한 사기를 당했을 뿐이라는 현실을 마주 볼 용기가 그녀에게는 없었다. 그런 사실을 인정하는 순간 자신의 인생이 빠져나올 수 없는 구렁텅이에 처박혔다는 사실 또한 인정할 수밖에 없기 때문이다. 그런 사실을 인정하고 나면 사람이 계속 살아서 버티기가 너무 힘들어지기 때문이다.

　—입구 영업소를 통과하였습니다. 안전 운전, 하십시오.

　톨게이트를 통과할 때 하이패스 단말기가 말했다. 차는 고속도로에 접어들었다.

　경부고속도로에 올라 채 10킬로미터도 가지 못했는데 목천IC 방향에서 차가 밀렸다. 앞에 가는 차들이 모두 비상등을 켜고 시속 20킬로미터로 엉금엉금 기어가고 있었다.

　"사고라도 났나…."

의택이 앞차 뒤꽁무니에서 깜빡이는 노란 비상등과 내비게이션 화면을 번갈아 바라보며 중얼거렸다.

의택의 추측이 맞았다. 30분이 넘도록 느릿느릿 기어가다가 마침내 의택과 보라가 탄 차 앞에 경찰의 모습이 나타났다. 의택은 경찰의 지시대로 도로 오른쪽으로 차를 붙여 조심조심 사고 현장을 피해 지나갔다. 경찰차 뒤에는 구급차가 와 있었고 그 앞에 사람들이 모여 있었다. 주황색 유니폼을 입은 구급대원과 평범한 티셔츠에 회색 바지를 입은 걱정스러운 표정의 청년이 구급차 앞에 서서 각자 어딘가에 전화를 하고 있었다.

사고 현장의 은색 SUV는 중앙분리대를 들이받았는지 앞 범퍼 전체가 깔끔하게 떨어져서 땅에 널브러져 있었다. 그 앞에는 검은색 중형차가 다가오는 차들을 향해 역방향으로 서 있었다. 몇 번 부딪치면서 돌았는지 검은색 중형차는 차 전체가 쭈글쭈글했다. 앞 좌석에 커다랗고 하얀 돛처럼, 터진 에어백이 늘어져 있었다. 그리고 그 위로 앞 유리창 한쪽이 마치 폭발한 듯 깨지고 거기서부터 방사형으로 굵은 금이 퍼져 있었다. 검은 중형차의 앞 유리창이 깨진 곳에 붉은 액체가 묻어 있는 것을 보고 보라는 얼른 고개를 돌렸다.

천안역, 대면

79

얼굴이 없는 검은 형체가 맞은편에서 사고 현장을 바라보고 있었다. 엄밀히 말하면 얼굴이 없는 것은 아니었다. 갈기갈기 찢어져서 눈이나 코나 귀의 구분도, 머리카락이 있어야 할 영역도 전부 뒤범벅이 되어 피로 덮였을 뿐이다.

안전벨트를 매지 않은 채로 심하게 과속을 하다가 차가 도로 중앙분리대를 들이받으면 운전자는 앞 유리창을 뚫고 튀어나가 이런 결말을 맞이하게 된다. 보라는 검은 형체를 보면서 자기도 모르게 왠지 이런 일들을 이해했다. 그때 검은 형체가 천천히 고개를 돌렸다.

보라는 재빨리 몸을 웅크렸다. 양손으로 머리를 감쌌다.

"왜 그래요?"

의택이 물었다. 보라는 상체를 숙이고 몸을 웅크려 양손으로 머리를 감싼 그대로 웅얼거리며 물었다.

"사고 현장 지났어요?"

"무슨 사고?"

의택이 되물었다가 곧 대답했다.

"아, 아까 거기? 그거야 한참 전에 지나갔죠."

보라는 천천히 고개를 들었다. 차는 경부고속도로를 기운차게 달리고 있었다. 보라는 몸을 틀어 최대한 뒤쪽을 돌아보았다.

"뭐 찾아요?"

"아니에요."

보라는 배 속에 남은 숨을 쥐어짜 마침내 간신히 대답했다.

"아무것도 아니에요."

사고와 사기

언제 그랬냐는 듯 거짓말처럼 뻥 뚫린 경부고속도로를 달리며 의택은 기묘한 느낌에 젖어 들었다. 물론 전 재산이 날아간 상황 때문이기도 했지만 존의 허망한 고백과 자백, 그리고 어디까지나 상상 속의 인물이었던 존이 실제로 의택의 세상에 나타난 것, 이후 알게 된 몇 가지 참혹하고 지리멸렬한 사실들 때문일 터였다. 존도 사기 피해자라니.

있을 수 없는, 있어서는 안 되는 일들의 연속. 의택은 사고 이후 깨어난 병실에서 하릴없이 천장 타일의 무늬를 헤아리며 지금 대체 무슨 일이 벌어졌고 왜 벌어졌는지 따위의 쓸데없는 생각을 끝도 없이 계속했던 것처럼 뻥 뚫린 고속도로 위를 질주하며 포항과 시추공 그리고 존에 대해 생각했다. 그리 유쾌한 일은 아니었고 그런 자각이 들자 그나마 현실적인 생각이 수면 위로 올라왔다. 고속도로와 교통사고였다.

젠장.

의택이 조금 전 통과한 천안IC부터가 사고의 온상지긴했다. 천안IC는 언제나 그렇듯 복잡하고 질서 없었는데, 의택은 핸드 컨트롤러 핸들 위에 얹은 손에 최대한 집중하면서 앞을 주시했다. 물론 앞만 봐서는 안 되는 곳이었다. 왼쪽과 오른쪽, 왼쪽의 왼쪽과 오른쪽, 오른쪽의 왼쪽과 오른쪽을 공평하게 봐줘야 했고 가끔은 뒤쪽까지 신경 써야 하는 혼돈의 도가니가 바로 천안IC란 곳이었다. 이곳을 지나는 모두가 눈치 싸움을 벌이며 서로 자기가 먼저 빠져나가기 위해 금속 엔진을 으르렁거리고 틈새가 보이면 잽싸게 질주한다. 급정거와 급가속이 이곳의 기본 주행 룰이다. 그 때문에 패이고 깨진 콘크리트 바닥이 선사하는 출렁임은 개조된 경차와 휠체어에 탄 의택에게는 감수하기 어려운 장애물임이 틀림없었다. 앞에 있는 트럭의 뒤꽁무니에 최대한 바짝 붙어 새치기를 하려는 차보다 빨리 입구를 통과하느라 차 안은 또 한

번 아수라장이 됐다. 대시보드 위에 둔 운전면허증이 뚝 떨어졌다. 그 순간 의택은 조수석에 존재하는 낯선 인간과 눈이 마주쳤다. 하나뿐인 구명줄이라도 되는 양 양손으로 안전벨트를 꽉 붙잡은 채 왜인지 이쪽을 향해 비스듬히 앉아 있던 존, 아니 보라…라는 낯선 존재.

"뭐요."

"아, 아니, 그게….."

보라의 시선이 핸드 컨트롤러와 의택의 손으로 갔다가 바닥으로 떨어진 운전면허증으로 향했다.

"주워드릴까요?"

의택은 무의식중에 존의 화법을 떠올리고 싱숭생숭해졌다. 천안역에서 겁먹은 개처럼 두리번거리던 이 여자가 존일 거라고는 생각 못 했다. 처음 발견한 지 20분이 지나서야 체념하듯 경적을 때렸다. 이 여자가 존이어야 했다. 안 그러면 물론 전 재산이 날아가는 거기도 했지만, 택시 기사들한테 맞아 죽을 판이기도 했다.

하지만 생각해보면 존이 남자여야 할 이유는 없었다. 마이크가 비장애인이어야 할 이유가 없는 것처럼. 그렇게 치면 이쪽이 더 〈식스 센스〉급 반전이 아닐까 싶어서 약간의 승리

감을 느끼다 의택은 익숙한 자괴감에 빠졌다.

"됐어요. 쓸모도 없는 거…."

의택은 괜히 바닥에 떨어진 운전면허증에 감정 이입하다 오른쪽 핸들을 주욱 당겼다. 고속도로에 들어선 이상 화물차고 경차고 다 똑같이 앞만 보고 질주한다. 속력은 다를지언정 방향은 똑같다. 신경 쓸 거리가 줄자 보라의 시선이 좀 더 의식됐다. 보라는 또 핸들과 휠체어를 보고 있었다. 그렇다고 길 가다가 마주치는 노골적인 시선은 아니고, 굳이 비교하자면 걸을 때마다 삑삑 소리가 나는 신발을 신고 위태로워 보이는 걸음을 걸으면서도 홀린 듯이 의택의 휠체어에서 눈을 떼지 못하는 아이 같달까. 사고 직후 때만 해도 저 멀리 애가 보이면 피하던 의택이었지만, 이제는 미소를 지어 보일 수 있었다. 하지만 사기꾼을 향해 미소를 지어 보일 만큼 의택이 성인군자는 아니었다.

"핸드 컨트롤러 첨 봐요?"

보라는 움찔하더니 안전벨트를 더 꽉 붙들었다.

"네."

의택은 코웃음을 웃었다. 다시 한번 존의 화법을 떠올렸다. 존과 포항에 대해 쓸데없는 잡담을 하다가 지금 도대체 뭘 하는 건가 싶어 서둘러 대화를 종결하던 상황들이 떠올랐다. 지금도 똑같았다. 대체 이게 무슨 상황일까. 뭐에 씌어서 남은 인생, 의택의 인생뿐 아니라 현도의 인생까지 걸린 돈을 시추공 같은 것에 쏟아붓고는 웬 낯선 존재와 낯선 장소를 향해 달리고 있는 걸까. 의택은 깊은 한숨을 내쉬었다.

"그러면 복이 나가요."

보라가 말했다.

"이미 다 나갔거든요."

"다시 들어오려다가도 나가버려요."

"뭐 하는 분이세요?"

질문은 아니었다. 하지만 보라는 존의 화법으로 대답했다.

"저요? 음, 이것저것 해요. 카페에서도 일하고, SNS도 운영하고, 주식도 하고, 코인은 해보려고 월렛까지는 깔아봤는데…."

그러니까 백수라는 말이구만. 의택은 잠시 사태의 심각성에 대해 생각했다. 보라가 여전히 사기를 치고 있는 게 아니라는 전제하에…. 곧장 사태는 최악 중의 최악으로 치달았다.

"그러니까 존 씨, 아니 그쪽도 사기를 당한 거다 이거죠.”

　보라의 입이 앙다물어졌는데, 그 말은 이거였다. 결과적으로 그렇게 된 것처럼 보일 수는 있는데 꼭 그렇지는 않다. 아까 지하 주차장에서 주저리주저리 늘어놓은 얘기가 결국은 그 얘기였다. 보라에게 거액의 돈을 보냈고 그 돈의 행방이 묘연해진 지금으로선 정말 황당하기 이루 말할 수 없는 전개였다. 그러나 몹시도 현실적인 전개여서 의택은 두려웠다. 사고 후 마주해야 했던 차가운 현실이 주는 통증, 그보다 더한 것이 의택을 강타하는 듯했다. 의택은 앞을 보고 운전에 집중했다. 하려 애썼다. 이럴 땐 차라리 고속도로의 빌런이라도 있으면 좋은데, 아까 어미 오리 좇듯 따르던 화물차도 보이지 않고 눈앞이 환했다.

　그때 보라가 말했다.

　“저는 그렇게 생각하지 않아요.”

　나지막하게 혼잣말하듯 한 말이었지만 뭔지 모를 힘이 느껴져서 의택은 말꼬리를 잡지 않았다. 뭐, 의택도 그렇게 생각하고 싶은 마음이기는 했다. 마음이야 왜 안 그럴까. 하지만 마음이라는 게, 얼마나 덧없고 오히려 배반적인지 의택은 불과 3년 전에 질리게 겪고 겪었다. 마비가 아닐 거라고 믿었다 배신당했고, 마비가 풀릴 거라고 기대했다가 또 배신당했다. 신경을 살리는 약을 찾아보다가도 배신당했으며 의택과 비슷한 처지의 사람들이 남긴 영상과 글을 찾아보다가도 배신당했다. 냉정하게 말해 의택을 배신한 건 의사도 제약 회사와 미디어도 소수의 슈퍼 장애인도 아니었다. 의택을 배신한 건 그 자신이었다. 의택의 마음이었다.

"그 사람이 영상 보여줬다고 했죠? 우리 시추공요."

우리 시추공이라니. 의택은 말할 수 없는 자기혐오와 맞닥뜨렸지만 다행히 공략할 수 있는 적이었다.

"네. 보여주고 바로 지웠는데 싹 다 다운받았어요."

보라가 안경을 고쳐 썼는데 약간 전투적인 게 재밌었다. 세상에 이 와중에 재미가 있었다.

"글쎄요, 결과론적이긴 하지만 그것도 사전에 계획된 거 아닐까요? 다운받지 말라고 정말 안 받을 사람이 얼마나 되겠어요. 오히려 그럴 생각 없다가도 받게 되지. 안 그래요?"

그러고는 보라를 보니 어째 보라가 그 얼마에 속하는 유형 아닐까 싶었다. 보라는, 뭐랄까… 이것도 결과론적인 생각이지만 사기를 잘 당하게 생긴 것 같았다. 두꺼운 안경 너머의 눈은 양쪽으로 처져 순한 인상으로 꾼들을 향해 외치는 듯했다. 여기 당신들의 먹잇감이 되어드릴 준비가 되어 있습니다! 문득 의택은 백미러를 쳐다봤고, 그냥 잠자코 운전이나 하는 게 낫겠다는 결론을 내렸다.

"어쨌든 영상에는 시추공이랑 시추공을 다루는 사람들이 나와요."

"조작일 가능성은요? 조작이 아니더라도 그게 정말 포항 앞바다에 있는 배라는 걸 어떻게 알아요?"

의택은 말하다 보니 무서워져서 물었다.

"그쪽이 인스타그램에 올린 사진들, 그거 직접 찍은 거예요?"

"아니요."

보라가 끔찍이도 아무렇지 않게 말했다. 의택은 고속도로라는 것도 개의치 않고 차를 멈춰 세울 뻔했으나 공교롭게도 천안삼거리 휴게소가 코앞이었다. 의택은 차선을 변경했다. 그리고 질문했다.

"그럼 그 사진들도 그 인간한테 받았어요? 그쪽이 나한테 보낸 해태 사진은요? 포항 어딘가에 있다던!"

거의 절규였다. 의택은 조금 전까지만 해도 보라의 얼굴

경부고속도로, 사고와 사기

을 놓고 사기가 어쩌네 꾼이 저쩌네 했던 스스로가 너무나도 한심스러워서 견딜 수가 없었다. 신선한 충격마저 받았다. 자기혐오로부터 어느 정도 면역이 된 줄 알았는데. 오만함이 하늘을 찔렀구나.

"해태는 내가 찍은 거 맞아요. 그 사람이 그랬어요. 그런 일상적인 사진이 끼어 있어야 사람들이 더 쉽게 믿는다고요." 보라가 자기가 한 말로부터 어떤 위화감을 느꼈는지 서둘러 덧붙였다. "그러니까 자기 확신을요. 투자라는 게 자기 자신부터 설득해야 하는 일이잖아요."

의택은 꼬여가기만 하는 상황을 계속해서 이어가야 하는지 심각하게 고민했다. 이대로 휴게소에서 보라와 헤어져 집으로 돌아간다면? 더 생각하고 말 것도 없이 끝장이다.

하지만 지금 상황에서 달리 뭘 어쩌겠는가? 물론 가장 확실한 건 보라에게 사기를 치게 만든 그 인간을 추적하는 일이겠지만, 대체 무슨 수로? 전동 휠체어 펌웨어 수정하는 거 배우면서 좀 더 열심히 공부했으면 보라의 핸드폰을 뒤져 흔적이라도 찾을 수 있었을까? 너무 드라마 같은 얘긴가?

"지금이라도 경찰에 신고를 할까요?"

의택이 체념조로 말하곤 동승자를 보았을 때, 그는 자

신이 실수를 했다는 걸 언뜻이나마 깨달았다. 일단 자신과 보라를 일종의 피해자 동지로 여긴 건 실수였다. 아직까지는 말이다. 아닌 게 아니라 보라가 이 사기로부터 가해의 방향으로 완전 무결하다고는 할 수 없고 그렇게 생각하지도 않기 때문이었다. 그럼에도 그에 대한 최종적인 판단은 경찰이 해야 했다. 그게 경찰의 역할이고 의무가 아닌가? 그렇다면 결국 의택은 자수를 하는 게 어떻겠냐는 말을 한 셈이었다. 좁디좁은 경차 안에, 서로의 체취마저 맡을 수 있을 만큼 가까이에 있는, 비장애인에게 말이다.

의택은 온전히 움직이지 않는 두 손에 힘을 꼭 주었다. 1분 같은 1초가 몇 차례나 지났을까. 보라가 말했다.

"인생 그렇게 쉽게 포기하는 거 아니에요."

무덤덤한 어조였지만 역시나 불가해한 힘이 느껴지는 듯했다. 다만, 지금이 무슨 문화센터 교양 강좌 시간도 아니고, 무엇보다 의택 입장에서는 보라에게 억하심정이 있을 수밖에 없기에 바로 쏘아붙였다.

"저기요, 이 몸으로 운전하고 있는 거 안 보여요?"

불필요한 말이었고 행동이었다. 그동안 잘 깎아왔다고 생각했는데. 꼭 사고 직후로 되돌아간 것처럼 가슴속이 부글

경부고속도로, 사고와 사기

거렸다. 이건 좋지 않다. 좋지 않아. 의택은 휴게소 입구에 들어서자마자 눈을 감고 심호흡을 했다.

"운전 중에 눈을 감으면 어떡해요!"

보라의 겁에 질린 목소리를 들으니 열기가 조금 빠져나가는 것 같았다. 의택은 텅 빈 주차장 아무 곳에나 차를 세웠다.

"지금으로선 포항에 가는 게 최선이라고 생각해요. 경찰한테 갈 게 아니라면 말이에요." 의택은 보라의 눈치를 살폈지만 아까 같은 위화감을 느끼지는 않았다. 뭐, 운전 중이기도 했고 심정적으로 쫓기다 보니 착각했을 거다. "경찰이 적극적으로 행동에 나설 거 같지도 않고요. 보통 이런 건 한 세월 지나서 우리 돈 다 증발된 뒤에야 정리될까 말까죠. 안 그래요?"

보라는 고개만 조금 끄덕였다.

"시추공도 포항에 있고 그걸 가지고 사기… 어, 투자자를 모은 존 씨도 포항에 살고, 또…"

"에?"

"네?"

어색한 침묵이 폭발했다. 보라가 토끼 같은 두 눈으로

의택을 쳐다봤다. "예?"

의택은 불안을 감추기가 어려웠다.

"포항… 해태… 문어 숙회 맛있다면서요."

"나 서울 살아요." 보라가 말했다.

의택은 입을 떡 벌렸다. 말은커녕 소리도 나오지 않았다. 보라는 뒤늦게 상황을 파악했는지 인상을 썼다.

"포항 사진 좀 찍는다고 포항 살게요?"

"아니, 뭐…."

의택은 충격에 아무런 대꾸도 하지 못했다. 산책길에 해태 사진을 찍으면 그 동네에 사는 거라고 그 어떤 의문도 없이 믿어버렸다. 아니, 믿는다는 말도 이상하다. 그냥 그렇게 생각해버렸다. 마치 사고 직전까지 우리나라에 장애인이라고는 뉴스에 나오는 몇몇뿐이라고 생각했던 것처럼. 탄식이 절로 나왔다.

"저기요?"

의택은 집에 가고 싶었다. 가서 눕고 싶었다. 눈 감고 싶었다. 아무것도 안 하고 싶었다.

"괜찮아요?"

"포항 사람인 줄 알았어요."

"그러니까, 포항 사진을…."

"포항 사진을 찍으니까, 포항에 사는 줄 알았다고요. 그래요, 참 단순해요. 그래서 사기도 당한 거겠죠. 바보처럼."

"사기당한다고 바보 아니에요!"

느닷없는 역정에 의택은 깜짝 놀랐다.

"바보라고 사기당하는 것도 아니고, 사기는 그냥 사기예요. 사고 같은 거라고요!"

의택은 할 말이 없어서 잠시 앞을 봤다. 이른 시간임에도 휴게소 앞은 형형색색의 옷차림을 한 사람들로 북적였다. 저 사람들 모두가 살던 곳이 아닌 곳으로 가고 있는 건가. 간다는 게 그렇게도 일상적인 건가. 하긴 의택도 지금 휴게소에 있지 않나. 그것도 경차까지 몰고서는. 상황만 아니면… 참 좋을 텐데. 포항 바다를 보고, 해태 사진도 찍고, 문어 숙회도… 근데 문어는 좀 맛없는데.

"대게 먹고 싶어요."

의택은 주정이라도 하듯 말했다. 말을 하고 낯이 뜨거웠지만 왠지 옆에 있는 사람은, 존은 대꾸해줄 것 같았다. 그래서 보라를 흘끔 봤다. 기대와는 다르게 보라의 표정은 떨떠름했다. 당연한 거겠지.

"대게는… 비린내가 많이 나요."

의택은 잠시 사고 회로가 멈추었지만 곧이어 말했다.

"그건 그렇죠."

침묵이 이어졌다. 어색하기만 한 침묵은 아니었다. 두 사람 다 휴게소 쪽을 쳐다보고 생각에 잠겼다. 대게를 생각하다가 비린내 특유의 연상을 통해 넓은 바다와 모래사장 그리고 새소리를 떠올렸다. 의택은 돌연 궁금해졌다. 바다를 본 적이 없는 자신이 지금 떠올리며 향수마저 느끼는 상상 속의 바다는 대체 무슨 의미일까? 만약 이대로 포항에 가서, 사기꾼을 잡든 못 잡든 진짜 바다를 보고 나면 그건 또 무슨 의미가 있을까? 그리고 대체 지금 왜 이런 생각이나 하고 있는 걸까? 당이 떨어져서 그런 걸지도. 오늘 꼭두새벽부터 활동지원사 달달 볶아서 서둘러 나오느라 제대로 챙겨 먹지를 못했다. 의택은 허기의 급습에 흠칫 놀랐다. 흔히 느끼는 것은 아니었다.

"존 씨는… 뭣 좀 먹었어요? 서울에서 천안에 이 시간이면 엄청 일찍 나왔을 텐데."

"뭐, 그냥저냥…."

"뭐라도 먹고 오시든가요."

보라가 다시 휠체어를 쳐다보는 게 느껴졌다.

"마이크는요?"

"지금 남 신경 쓸 땝니까?"

"신경은 마이크가 먼저 썼거든요?"

의택은 익숙한 짜증과 함께 재미를 느꼈다. 참으로 시의 적절하군그래.

"아이 됐어요. 다시 출발합니다?"

"아니, 잠깐만요! 그럼 잠깐 화장실만…."

"그러세요."

"문 좀…."

의택은 안전장치를 툭 쳤다. 보라는 기다렸다는 듯이 문을 열어젖히고는 몸을 반 정도 내보내고 돌아봤다.

"그냥 가면 안 돼요!"

"그거 내 대사 아닐까요?"

보라는 못마땅해하는 얼굴로 대꾸했다.

"여긴 버스도 없다고요. 집에 어떻게 가요."

의택은 어처구니가 없어서 그냥 웃었다. 진짜 도망이라도 갈까 봐 급한 걸음으로 휴게소 쪽으로 가는 보라의 뒷모습을 바라보다 또 앞이 캄캄해졌다. 대체 지금 뭘 하고 있는 거야….

그때 의택은 조수석 시트 등받이 아래에 꽂혀 있는 핸드폰을 발견했다.

부름

"그것 좀 안 울리게 할 수 없어요?"

보라가 다시 차에 돌아와 조수석 문을 열자마자 의택이
말했다.

"뭘요?"

보라가 되물었다.

"핸드폰 말예요."

의택이 대답했다.

보라의 표정이 변했다. 재빨리 조수석에 미끄러져 들어
와 시트 등받이 아래 처박힌 핸드폰을 낚아챘다.

"설마 남의 핸드폰 들여다본 건 아니죠?"

보라가 날카로운 목소리로 물었다.

"무슨 수로 들여다봐요, 잠금화면을 열 수가 없는데."

의택이 어이가 없다는 듯 웃으며 대답했다.

보라가 화면을 누르자 핸드폰의 진동 소리가 멈추었다. 보라는 얼굴을 찡그리고 핸드폰 화면을 가만히 들여다보았다. 화면을 이렇게 저렇게 누르고 만져 핸드폰을 조작했다. 그런 뒤에 핸드폰을 다시 엉덩이 아래에 쑤셔 넣었다.

"이젠 안 울릴 거예요."

보라가 말했다. 양손으로 안전벨트를 세게 잡아당겨 잠시 헛손질하다가 왼쪽 아래 고정장치에 꽂은 뒤 단호하게 말했다.

"가요."

"가다니, 어딜?"

의택이 되물었다. 보라가 고개를 돌렸다. 살짝 눈을 찌푸리며 의택을 쳐다보았다.

"어디라뇨. 천안역으로 돌아가야죠."

"여기까지 왔는데 왜 돌아가요?"

의택이 놀라서 되물었다.

"사기꾼들 포항에 있잖아요?"

동강옥화휴게소, 부름

99

"그걸 어떻게 믿고 포항으로 가요?"

보라가 고집했다.

"믿는 게 아니라 방금 들었잖아요? 환급 대행해준다는 사람은 분명히 포항에 있고, 분양한다는 그 시추공도 포항에 있다면서요?"

의택의 목소리가 커졌다. 보라는 물러서지 않았다.

"그럼 혼자 포항 가세요. 저는 천안역에 도로 내려주시고요."

보라는 고개를 돌려 창밖을 바라보았다.

내리라고 말한다고 차에서 내릴 태세는 아니었다. 그렇다고 더 물어본들 대답을 할 것 같지도 않았다.

의택은 시동을 걸었다. 차를 출발시켰다.

경부고속도로에 다시 들어서자 차는 제법 속도를 내어 달리기 시작했다. 경차가 속도를 낼 수 있는 한 말이다. 일반 승용차들이 뒤를 따라오다가 줄지어 왼쪽 차로로 옮겨 가서는 신경질적으로 속도를 내며 앞질러 갔다. 차들이 빠르게 달리면 실제로 '쌔앵' 소리가 난다는 사실을 보라는 새삼 놀라며 깨달았다. 그리고 그럴 때마다 의택의 차는 좌우로 흔들렸다. 심지어 대형 화물 트럭도 왼쪽 차로로 빠지더니 의택의 차를 앞질러 갔다. 화물 트럭이 다시 오른쪽 차로로 옮겨 오며 의택의 차 앞으로 끼어 들어왔다. 조그만 경차 앞머리가 심하게 오른쪽으로 휘었다. 보라는 의택이 핸드 컨트롤러를 힘껏 당기는 모습을 긴장하며 바라보았다.

"가드레일에 박는 건 아니죠?"

의택은 대답하지 않았다. 차가 흔들거리지 않게 글자 그대로 붙잡고 있는 데만 온 신경이 곤두선 것이 분명했다. 그래서 보라는 입을 다물었다. 말없이 창밖을 바라보았다.

배가 고팠다. 핸드폰을 의택의 차에 두고 왔다는 사실을 화장실에 가서야 깨달았다. 그래서 보라는 화장실을 나오자마자 바로 다시 의택의 차로 돌아와야 했다.

보라는 몹시 짜증이 나 있었다. 도망갈 방법을 궁리하거나 아는 사람에게 연락할 엄두를 못 내게 된 것만 문제가 아니었다. 기본적인 물이나 먹을 것도 살 수 없었다. 사용할 수 있는 유일한 카드를 핸드폰 뒤에 끼워놓았기 때문이다. 의택이 카드를 빼앗거나 핸드폰을 숨길까 겁이 나서 보라는 최대한 서둘러 차로 돌아왔다. 그리고 의택은 보라가 천안역으로 도로 데려다 달라는 말을 들었는지 말았는지 하여간 차를 출발시켰다. 보라는 이제 주행하는 차의 엔진 소리와 옆에서 앞질러 가는 다른 차들의 소리보다 더 크게 텅 빈 위장이 꾸르륵거리는 비명을 들을 수 있었다. 배가 고프다 못해 속이 쓰렸다. 경차가 흔들릴 때마다 속쓰림이 심해졌다. 머리도 아파왔다. 토할 것 같았다.

"세워요."

도로 가장자리의 조그만 표지판에서 '휴게소'라는 글자를 발견하자마자 보라가 소리쳤다. 의택은 대답하지 않았다. 보라가 다시 소리 질렀다.

"휴게소에 세워주세요."

"또 왜요. 천안역 돌아가자면서요."

의택이 퉁명스럽게 말했다.

"아직 고속도로에서 방향 돌리지도 못했어요. 출구 찾으려면 한참 더 가야 한다고요."

"배고파요. 너무 배고파서 멀미가 나요."

보라가 투덜거렸다.

"아까 천안삼거리에서 챙겨 먹으라고 했잖아요?"

의택이 쏘아붙였다.

"핸드폰 차에 두고 갔다고요."

보라도 지지 않고 짜증을 냈다.

"나 지금 신용카드 다 막혀서 쓸 수 있는 카드라곤 핸드폰 뒤에 끼워둔 거 하나밖에 없는데 전 재산을 이 차에 다 두고 내렸었단 말이에요."

말해놓고 보라는 즉시 후회했다. 모르는 사람에게, 그것도 별로 편안한 관계도 아닌 사람에게 자신의 약점을 이렇게까지 자세하게 말할 필요는 없었다.

의택은 대답하지 않았다. 그저 말없이 오른쪽 깜빡이를 켰다. 깜빡이가 내는 규칙적인 소리가 차 안의 답답한 침묵을 조그맣게 두드렸다.

한참 가도 휴게소처럼 보이는 장소는 나오지 않았다. 의택은 차의 속도를 한껏 낮추었다. 뒤에서 차선을 변경하는 차들이 앞질러 가면서 경적을 울리기 시작했다. 보라는 의택을 대신해서 오른쪽 창밖을 주의 깊게 살펴보았다.

갑자기 차가 오른쪽으로 크게 방향을 틀었다. 따라오던 용달차가 경적 소리를 울리며 경차를 지나쳐 갔다. 의택은 흙이 깔린 울퉁불퉁한 바닥으로 차를 몰아 들어갔다. 그리고 작은 건물 앞에 차를 세웠다.

동강옥화휴게소, 부름

103

“이게 뭐예요?”

보라가 창밖을 바라보며 물었다.

그곳은 일반적인 휴게소가 아니었다. 넓은 주차장도, 늘어선 식당과 상점 들도 없었다. 앞마당에 주차선 대신 흙에 덮여 잘 보이지도 않는 밧줄이 주차 장소를 표시하고 있었다. 조그만 건물 두 채 중에서 오른쪽에 있는 한 채는 창문이 전부 깜깜했고 문 앞에 커다란 하얀 종이가 붙어 있었다. 무슨 공고문 같았다. 왼쪽에 있는 납작한 다른 건물은 낡아빠진 간판으로 보아 식당이었다. 허름한 한쪽 문이 아무렇게나 열려 있었다.

“사설 휴게소 같은데요…”

의택이 앞 유리창 바깥의 암울한 광경을 바라보며 중얼거렸다.

“…망했나 보네. 기름 넣으려고 했는데…”

“왜 이런 데로 왔어요?”

보라가 더욱 겁에 질리며 물었다. 의택이 반박했다.

“그쪽이 휴게소 가자고 했잖아요?”

“휴게소 가자고 했지, 이런 데는…”

말하다 말고 보라는 조수석 창밖을 바라보았다.

“아니 그러니까 배고프다며, 이 휴게소로 오자고 그쪽이 그랬잖아요?”

의택이 따졌다. 보라는 듣고 있지 않았다. 조수석 문을 밀어 열려고 했다.

“어디 가요?”

의택이 물었다. 보라가 창밖을 가리켰다.

“저기요.”

보라는 다시 조수석 문을 밀어 열려고 했다.

“저기가 어딘데요?”

의택이 다시 물었다. 보라는 이번에는 대답하지 않았다. 그저 조수석 문을 밀었다. 몸을 완전히 오른쪽으로 돌려 조그만 경차 문을 온몸으로 밀어 열려 하고 있었다.

의택은 잠시 보라의 행동을 관찰했다. 그리고 문 잠금장치를 열었다. 보라는 문을 곧바로 열지 못했다. 양손으로 조수석 창문을 넋 놓고 밀었다. 그러다 문 안쪽을 양손으로 더듬었다. 고개는 계속 꼿꼿이 세운 채로 창밖을 바라보고 있었다. 마구잡이로 더듬고 누르다 어느 순간 문손잡이가 움직이고 문이 열렸다. 보라는 여전히 상체를 꼿꼿이 세운 이상한 자세로 굴러떨어지듯 차에서 내렸다.

동강옥화휴게소, 부름

유일하게 사용 가능한 카드를 꽂은 보라의 핸드폰은 조수석 등받이 아래 여전히 반쯤 처박혀 있었다. 그런 채로 핸드폰은 계속 진동했다. 보라가 피해자들의 전화를 받지 않기 위해 그 진동을 무시하는 것인지 정말로 너무 배가 고프고 멀미가 나서 핸드폰 진동 따위는 아랑곳하지 않게 된 것인지 의택이 알 수는 없었다. 어쨌든 핸드폰은 차 안에 있었고, 보라가 멀미를 참지 못하고 구토라도 한다면 차 밖에서 하는 쪽이 나았다.

보라는 구토하지 않았다. 문 닫힌 까만 건물 쪽으로 천천히 휘청휘청 걸어갔다.

부르고 있었다.

누가 어째서, 무슨 용건으로 불렀는지 구체적으로 물었다면 보라는 대답하지 못했을 것이다. 그러나 어쨌든 부르고 있었다.

보라가 '부름'을 느끼기 시작한 것은 수련원을 나온 뒤의 일이었다. 그것이 수련원에서 얻은 단 하나의 가장 중요한 능력이라 여겼기 때문에 보라는 '부름'을 아주 중요하게 생각했다.

수련원에서 보라는 돈을 내지 못해 쫓겨났다. 먹고 자고 '선생님'의 수업을 듣는 수련원에서의 모든 순간이 돈이었다. 가게에서 음료수를 팔아 받는 얼마 안 되는 월급으로는 수련원에서 마시는 물값도 충당할 수 없었다. 나머지 비용은 전부 빚이 되었다. 2년이 지나기 전에 보라는 대학에 다녔다면 납부했을 등록금의 대여섯 배가 되는 금액을 빚으로 떠안게 되었다. 은행 대출은 불가능했고 카드 빚도 짜낼 수 있는 한 전부 짜냈다. 보라에게 더 이상 돈이 나올 길이 없게 되자 수련원 사무장은 공짜로 먹이고 재워줄 수 없으니 나가라고 통보했다. 애걸해서 한 달만, 다시 한 달만 퇴거를 미뤄보았지만 두 달 안에 거액의 돈이 하늘에서 떨어질 리는 없었다.

가게에 한 달에 두 번씩 꼬박꼬박 음료수를 사러 오는 '선생님'의 오랜 제자 한 명이 그 무렵 보라에게 사업을 제안했다. 내용은 간단했다. 수련원에 딸린 가게에서 파는 음료수를 떼어다 외부에 판매하는 일이라고 했다. 가게에서 일하고 월급을 받는 게 아니라 보라의 명의로 자기 사업을 할 수 있고, 수익도 훨씬 크게 낼 수 있다. 창업을 해서 사장님이 되면 사업을 하기 위해 들어가는 모든 비용은 경비 처리를 하고 세금 혜택을 받을 수 있으니 지금처럼 먹고 자는 데 소모되는 돈을 걱정하지 않아도 된다. 보라는 이미 가게에서 오래 일해서 음료수의 성분과 효능은 물론 그 배경에 담긴 전통과 '선생님'의 철학을 알고 있으니 성공적으로 영업을 할 수 있을 것이다.

"이건 단순히 병에 담긴 음료수를 파는 일이 아니에요."

'선생님'의 제자는 보라에게 자랑스럽게 말했다.

"선생님의 철학과 영성을 사람들에게 전파하는 일이죠. 자매님도 이미 수련을 해보셨으니까 잘 아실 거고, 그러니까 이 사업에 참여하시려는 거잖아요?"

보라는 고개를 끄덕였다. 그러나 사업에 참여하려면 돈이 있어야 했다.

"자본금이 많이 필요하지 않을까요?"

"수련원에서 대출을 알아봐드릴 수 있어요. 사무장님한테 물어보세요."

'선생님'의 제자가 친절하게 알려주었다. 그리고 덧붙였다.

"따로 교육받으실 필요 없이 이미 영업에 필요한 세부 사항은 다 알고 계시니까 바로 일 시작하면 공격적으로 확장하실 수 있을 거예요. 저는 첫 반년 만에 대박 터져서 수익 일부를 친정에 증여했죠. 그랬더니 조카들까지 다 달려들어서 사업하겠다고 난리가 났던 거예요. 그래서 지금 우리 언니 애들 직원으로 데리고 있어요. 뭘 알아야 자기 사업을 차리든지 하죠. 우리 조카들이라서가 아니라 요즘 애들은 기운은 넘치는데 조심성이 없어가지고….”

'증여'와 '직원'이라는 두 단어에 보라의 마음이 움직였다. 유치원부터 중퇴한 대학교까지 연락할 수 있는 친구는 모두 연락했고 빌릴 수 있을 만큼 빌렸다. 이제 친구나 지인은 물론이고 부모도 그녀의 전화를 받지 않았다. 돈이 몹시 필요할 때, 가장 절박하고 절망적인 순간에 몇 번이나 전화도 해보고 문자도 보냈지만 답이 없었다. 친척들은 보라에게 걱정과 잔소리를 늘어놓았다. 가끔 푼돈을 던져주는 사람이 있으면 그 대가로 기나긴 고함과 추궁을 견뎌내야 했다. 결론은 언제나 '부모님을 생각해서 그곳을 빨리 떠나라'였다.

사업을 확장하고 수익을 내면 부모도 보라를 다르게 볼 것이다. 보라의 선택이 옳았음을 모두가 인정할 수밖에 없을 것이다. 보라는 자신에게 잔소리를 늘어놓고 고함을 지르고 추궁하던 친척들을 직원으로 고용하는 미래를 상상했다. 빌린 돈을 전부 갚고 친구들에게 "내 밑에 들어와서 일할래?"라고 권하는 자신의 모습을 떠올려보았다.

"할게요."

보라가 대답했다.

이후의 과정은 일사천리로 진행되었다. 수련원 사무장은 방을 빼라고 으르대던 때와는 정반대로 보라에게 아주 상냥하게 몇 군데 대부 업체를 알선해주었다. 담보나 신용 점수를 걱정했지만 사무장이 알려준 업체들에서는 아무것도 묻지 않고 신분증만 받고 바로 통장으로 돈을 보내주었다. '선생님'의 오랜 제자가 알려주는 대로 보라는 대출받은 돈으로 음료수를 대량 구매했다. 돈이 생긴 김에 수련원을 나와 숙식도 하면서 사무실로 쓸 만한 방도 얻었다. 새로 입주한 텅 빈 오피스텔, 이름이 좋아 오피스텔이지 손톱만 한 화장실이 딸린, 가구도 없는 텅 빈 한 평 반짜리 공간에서 이부자리도 없어 겨울 잠바를 깔고 가방을 베고 누워 잠을 청했던 첫날 밤이 그녀의 인생에서 가장 희망차고 빛나던 순간이었다.

보라는 까맣게 닫힌 건물 문으로 빠르게 다가갔다. 통유리 문에 붙은 하얀 종이는 코로나19 확산 방지를 위한 집합 금지 명령에 따라 영업을 임시 중단한다는 안내였다. 코로나 19라면 이 휴게소는 문 닫은 지가 최소한 사오 년은 지났다는 뜻이다. 가까이서 보니 안내문이 적힌 종이가 완전히 낡아서 너덜너덜하게 해져 있었다. 커다란 안내문은 문손잡이를 뒤덮어 붙어 있었다. 문을 밀어보았지만 열리지 않았다.

보라는 안쪽을 들여다보았다. 어두운 계단과 닫힌 철문이 보일 뿐 사람의 기척은 없었다.

문에 비친 그녀의 반영 옆으로 그림자가 지나갔다. 보라는 황급히 고개를 돌렸다.

'부르는' 존재, 정체 모를 그림자는 건물 모퉁이를 돌아 뒤쪽으로 사라지고 있었다.

보라는 서둘러 쫓아갔다.

대량 구매한 음료수는 보라의 좁디좁은 방을 가득 메웠다. 방 안이 비좁아서 보라 한 명이 간신히 웅크리고 앉을 정도의 공간만 남겨두고 전부 음료수 병으로 채워야 했다. 음료수가 배송된 뒤에 보라는 상품 사이에 구겨져 앉아서 음료

수 병에 등을 기대고 잤다. 아침에 잠에서 깨어 보라는 '사업'을 시작했다.

영업을 하면서 보라가 깨달은 것은 자신에게 인맥이 심히 없다는 결정적인 사실이었다. 보라가 친하게 알고 지내는 사람은 모두 수련원 관계자였다. 이들은 수련원에 딸린 가게에서 음료수를 사 마셨으므로 굳이 수련원 밖으로 나와서 보라에게 돈을 주고 음료수를 구입하려 하지 않았다. 수련원과 관계없는 인맥이라면 이제는 더 이상 보라의 전화를 받지 않는 가족과, 빌리고 갚지 못한 돈 때문에 연락하기 꺼려지는 친구와 지인 들뿐이었다.

보라는 용기를 내어 중퇴한 대학교의 학과 사무실에 샘플로 음료수를 몇 병 들고 갔다(공짜로 나눠주는 상품의 비용은 '경비 처리' 하면 된다고 '선생님'의 오랜 제자가 말했다). 학과 사무실에서는 모르는 조교가 보라를 잡상인 취급하며 내몰았다. 보라는 교수 연구동으로 갔다. 문 앞에 서 있다가 누군가 출입증을 찍고 들어갈 때 뒤따라 들어갔다. 그렇게 전공 수업 교수의 연구실을 찾아갔다. 보라를 한때 가르쳤던 교수는 음료수를 영업하는 보라를 뭐라 말할 수 없는 표정으로 가만히 쳐다보았다. 보라가 하는 말을 다 듣고 교수는 지갑을 꺼냈다. 보라의 가방 안에 남아 있던 음료수 네 병을 구입하고 교수는 보라에게 물었다.

"너 설마⋯ 다단계 하니?"

"아니에요!"

보라는 자신 있게 말했다.

"그건 사기잖아요. 전 창업한 거예요."

그렇게 보라는 처음으로 영업에 성공해서 상품을 팔아 번 돈을 손에 쥐고 교수 연구동에서 달려 나왔다. 흥분한 마음으로 보라는 자신에게 창업의 길을 알려준 '선임 언니'에게 전화했다.

"첫날부터 네 병이나 팔았어? 대단하네."

'선임 언니'가 칭찬했다. 보라는 날아갈 듯 기뻤다.

'선임 언니'가 이어서 물었다.

"그런데 들고 돌아다니려면 힘들지 않아? 재고를 자기가 전부 들고 다니면서 팔 거야? 그렇게 해서 언제 다 팔아?"

그건 사실이었다. 오늘은 첫날이니까, 앞으로 열심히, 하겠다, 뭐 이런 열정적이지만 틀에 박힌 대답을 하려는 보라의 말을 '선임 언니'가 부드럽게 끊었다.

동강옥화휴게소, 부름

113

"자기, 영업력은 좋은데 네트워크 구축은 아직 안 해봤
구나?"

보라는 멈칫했다. '네트워크 구축'이 무슨 뜻인지 보라
는 알지 못했다.

'선임 언니'가 설명했다.

"거래처 트는 법 말이야. 영업을 하려면 거래처가 있어
야지. 아는 교수님이 세 병, 네 병씩 사주는 게 아니라 학과에
서, 학교 전체에서 자기 물건을 상시 대놓고 사 먹게 만들어
야지. 그런 거 할 줄 알아?"

보라는 할 줄 몰랐다. '선임 언니'가 권유했다.

"교육 한번 받아볼래? 아마 눈앞이 확 트일 거야. 나도
그랬거든."

이렇게 해서 보라가 음료수 병을 싸 들고 다니며 문전
박대를 무릅쓰고 여기저기 발품을 팔아 일주일 내내 쉬지도
못하고 밥도 하루에 한 끼만 먹으며 번 돈은 40분짜리 '네트
워크 구축 교육'의 수강료로 전부 사라졌다.

보라가 차 안으로 뛰어들었다. 경차가 흔들릴 정도로 문
을 세게 닫고 황급히 조수석 문 안쪽을 양손으로 더듬었다.

문손잡이 위에 튀어나온 잠금장치를 간신히 찾아내서 보라
는 떨리는 손으로 눌러 잠갔다. 그리고 덜덜 떨며 어깨 위에
서 안전벨트를 잡아 뺐다.

“가요.”

보라가 말했다.

“왜요, 뭔데요?”

의택이 물었다.

“귀신 봤어요. 여기 있으면 사고 나요.”

보라가 쉰 목소리로 속삭였다.

“빨리, 빨리 가요.”

의택은 뭔가 말하려는 듯 입을 조금 벌렸다가 다시 다
물었다. 그리고 시동을 걸었다. 차를 출발시켰다.

‘네트워크 구축 교육’은 한 번으로 끝나지 않았다. 12회
코스를 전부 수강하려면 수강료와 별도로 교재비를 내야 했
고, 수료한 뒤에는 ‘전문가용 네트워크 세트’를 구입해야 했
다. 그리고 대부 업체에서 이자를 독촉하기 시작했고 오피스
텔 월세와 관리비도 내야 했다.

“자기 혼자서 다 할 수는 없어. 팀을 구성해야지.”

‘선임 언니’는 매일 저녁 전화로 실적 보고를 할 때마다 이렇게 말했다.

“리크루팅을 해서 후임을 뽑고 자기는 관리를 해야지. 혼자서 영업도 하고 재고도 챙기고 회계랑 사무랑 다 하면 몸이 열 개라도 못 버텨.”

보라는 동의했다. 그것은 보라가 ‘네트워크 구축 교육’에서 배운 내용이기도 했다.

“혼자서 끙끙거리면 구멍가게밖에 안 돼. 모든 사업은 사람 장사야. 네트워크를 확장해야지.”

보라는 ‘선임 언니’의 말을 되새겼다. 그리고 초심으로 돌아가기로 결정했다. 일하던 가게로 돌아가 수련원에 처음 찾아온 사람들, 음료수의 효능을 이제 막 알아가기 시작한 사람들을 만나보기로 했다.

당진영덕고속도로에 진입한 뒤 의택은 문의청남대휴게소에서 한 번 더 차를 세웠다. 두 사람은 각자 말없이 식사를 하고 차로 돌아왔다. 의택이 차를 몰아 휴게소 출구 앞 주유소로 갔다. 셀프 주유소였으므로 보라가 차에서 내려 의택의 지시에 따라 의택이 준 카드를 투입구에 꽂고 유종을 선택하고 가솔린 노즐을 들고 차에 기름을 넣었다. 주유가 끝나고 주유 기계가 신용카드를 가져가라고 경고음을 댕댕 울리기 시작했을 때 의택은 한순간 보라가 신용카드를 뽑아 들고 도망치지 않을까 경계했으나 그런 일은 일어나지 않았다. 보라는 운전석 창문으로 의택에게 카드를 돌려주고 차 뒤로 돌아와서 조수석 문을 열고 올라탄 뒤에 좌석에 있던 핸드폰부터 챙겨 들고 앉아 안전벨트를 맸다. 그리고 의택이 차를 출발시켜 다시 당진영덕고속도로에 진입하는 동안 내내 핸드폰 화면만 가만히 들여다보았다.

보라는 문자 메시지를 보고 있었다.

[Web발신]

[수사진행상황통지서]

[서울강동경찰서 수사1팀 김헌석 수사관]

귀하와 관련된 사건을 수사하는 중 문의 사항이 있어서 연락드립니다. 문자를 확인 후 담당 수사관에게 전화 연락 바랍니다.

보라는 담당 수사관에게 연락할 생각이 전혀 없었다.

이것이 문자 피싱이고 전화번호가 가짜라면 연락할 이

유가 없었다. 이것이 진짜이고 실제로 경찰에서 그녀를 수사
하고 있다면 피해자 중 누군가 그녀를 고소했다는 의미였다.
그렇다면 그녀는 돌아갈 수 없었다.
도망쳐야 했다.

밀져야 본전

'귀신 봤어요. 여기 있으면 사고 나요.'

정말이지 귀신 씻나락 까먹는 소리였다. 그 말을 하던 보라의… 형언할 수 없는 기세에 눌려 차를 출발시키긴 했지만… 의택은 핸드 컨트롤러를 붙든 채 백미러로 보라를 훔쳐봤다. 아까부터 핸드폰만 들여다보고 있는데 표정이 심상치 않았다. 핸드폰 진동이 울릴 때마다 한 몸이라도 된 것처럼 흠칫흠칫 놀라는 걸 보면 어느 모로 봐도 좋은 일은 아닐 터였다. 뭘까. 또 다른 사기라도 당했나? 보아하니 이런 쪽으로는 통달한 것 같은데 메신저 같은 데에서 실시간으로 지표 같은 걸 받아보는 걸 수도 있었다. 의택은 강연을 하러 다니면서 그런 사람들을 제법 보았다. 의택의 이야기를 라디오 배경 음처럼 한 귀로 듣고 한 귀로 흘리면서 핸드폰 화면만 쳐다보던 사람들. 그중 일부는 멀리서 봐도 빨갛고 파랗고 한 막대기들이 꽉꽉 들어찬 화면을 보며 일희일비했는데 처음에는 게임 같은 걸 하는 줄 알았다. 그런데 나중에 단원 중에서도 그런 화면을 보고 있는 사람이 있다는 걸 알게 되었다. 의택이 묻자 오히려 그 단원은 이런 것도 모르느냐고 진심으로 놀라며 되물었다.

"형, 코인 몰라요?"

그걸 몰라서 물은 건 아니었다.

"비트코인 같은 거?"

그럼 그렇지 하는 표정으로 단원은 한숨을 푹 내쉬었다. 단원은 초 단위로 끔뻑끔뻑하는 막대기에서 눈을 떼지 못하고 푸념했다. 국내의 유명한 게임 개발사에서 만든 코인인데 상장과 동시에 한 번 들으면 머릿속에 입력조차 되지 않는 수치로 치솟아서 의택도 뉴스에서 지나가듯 보긴 했었다. 매일, 매 시간 누군가가 그 코인으로 몇 배에서 몇십 배 심지어는 몇백 배의 돈을 벌었다는 말이 기사라는 라벨을 달고 인터넷에 떠다녔다. 의택도 몇 번은 기사 본문까지 읽어

볼 정도였지만 아무리 봐도 현실적인 느낌이 없었다. 그나마 주식은 예금 통장 개설하면서 프로모션이랍시고 받은 중소기업 주식을 몇 개 가지고 있긴 했지만 그것들이 지금 어느 증권 계좌에서 얼마짜리로 존재하는지, 그새 휴지 조각이 되지는 않았는지 같은 건 알 길이 없었다. 그런 데에 관심 가질 시간과 마음의 여유가 없었다. 늘 일을 하느라 모든 게 뒷전이었던 의택을 비웃던 친구들은 갭투자를 하다 사기를 당하고 주식 판에 뛰어들었다가 지뢰를 밟아 다신 빠져나오지 못했다. 의택은 가끔은 그런 얘기를 들으며 자부심을 느꼈고 또 가끔은 몸서리쳤다. 뭔가가 잘못돼도 단단히 잘못된 느낌에 뜬눈으로 밤새고는 새벽 버스에 올랐다. 세상이 의택 같은 사람에게 딱 두 가지 선택권만 허락한 것 같았다. 죽도록 일만 하거나, 투자라는 도박판에 목숨을 담보로 뛰어들거나. 승자는 없고, 망자만 남는.

그날 의택은 일터에서 사고를 당했다.

'여기 있으면 사고 나요.'

다시 한번 보라가 했던 말이 의택의 머릿속에서 왕왕 울렸다. 그와 동시에 귀청이 떨어져라 울리는 기계 소리와 사람들의 비명, 그리고 하늘에서 추락하며 귀를 울리던 바람 소리가 환장의 하모니로 의택의 중추신경계를 마비시켰다. 이명이 울렸고 숨이 턱 막혔다. 시야가 탈색되듯 색깔을 잃어갔다. 아, 이거 위험한데. 진짜 위험해. 의택은 황급히 좌우를 살폈다. 조금 전 화서휴게소를 지나쳤고, 졸음쉼터도 보이지 않았다. 젠장. 고속도로고 뭐고 따질 겨를이 없었다. 차에 치여 죽든 호흡곤란으로 죽든, 이 순간만큼은 아무래도 좋았다. 그저 이 상태에서만 벗어날 수 있다면. 의택은 핸들을 꺾어 갓길에 차를 댔다. 무방비 상태로 핸드폰을 보던 보라가 이쪽으로 휙 쏠리며 악 하고는 다시 차가 멈추자 반대로 몸을 쿵 박았다. 보라가 비명을 지르든 소리를 지르든 의택은 가쁜 숨을 헐떡이며 굽은 손가락으로 버튼을 꾹 눌렀다. 휠체어를 고정한 잠금장치가 풀렸다. 그야말로 탈출을 감행했지만 의택의 휠체어는 조금 뒤로 가다가 뭔가에 부딪혀버렸다. 의택은 거의 죽어가는 기분이었음에도 자기가 뒷문과 슬로프를 작동시키는 버튼을 누르지 않는 초보적인 실수를 저질렀음을 깨닫고 헛웃음을 웃기 시작했다. 말이 좋아 헛웃음이지 기도가 가래로 꽉 막힌 사람이 낼 법한 꺽꺽 소리에 더 가까웠다. 그것도 호흡이라고, 다행히 좁아졌던 시야가 조금은 넓어지는 듯했고, 그러자 한마디로 표현하기 어려운 표정으로 의택을 쳐다보고 있는 보라가 눈에 들어왔다. 의택은 거의 무의식중에 말했다.

"거기… 회색 버튼 좀…."

보라가 운전석 쪽을 보고 한참을 살피더니 버튼 하나를 눌렀다. 그러자 경적 소리가 터졌다. 보라가 튀어 나갈 듯 움찔했다.

"그거 말고… 그 옆 옆 아래…."

보라는 무슨 핵미사일 단추라도 되는 양 조심스럽게 또 다른 버튼을 눌렀고, 의택의 뒤에서 철컥하는, 몹시 반갑기 그지없는 소리가 들렸다. 그 소리로 충분했다. 의택은 여전히 비좁은 차 안에 갇혀 있었지만 서서히 호흡을 되찾을 수 있었다. 그리고 억겁의 시간이 지나고 슬로프가 콘크리트 바닥에 떨어지는 소리가 나자마자 휠체어를 뒤로 움직여 내려갔다. 트이는 시야와 돌풍 같은 바람, 흩날리는 모래알 먼지가 입안으로 들어차도 개의치 않고 의택은 숨을 쉬었다. 살아 있다. 의택은 정말로 웃으며 숨 쉬는 데에 열중했다. 또 이렇게 사는구나. 흡하흡하.

뒤따라 차에서 내린 보라는 고속도로를 고속으로 질주하는 차들을 눈으로 경계하며 천천히 다가왔다. 할 말이 많

낙동강의성휴게소, 밀져야 본전

은 눈친데 그럴 만도 했다.

"미안해요. 급했어서."

보라는 가늘게 뜬 눈으로 주변을 보고는 의택의 아래를 봤다.

"그건 아니고요."

의택은 제자리에서 회전하며 주변을 봤다. 고속도로 한복판이라 콘크리트 장벽과 하늘 그리고 산등성이 외에는 쌩쌩 지나쳐 가는 차들뿐이었다. 저 멀리 녹색 표지판이 보이긴 했지만 글자까지는 보이지 않았다. 문의청남대휴게소를 나온 지 그리 오래되진 않았다. 아까 휴게소 하나 더 지나쳤고… 머릿속으로 대충 길을 그려본 의택은 탄식을 금치 못했다.

"정오 다 됐는데 이제 2분의 1 정도 왔는데요."

보라는 뚱한 얼굴로 입을 삐죽이며 어깨를 떨궜다.

"그런데도 이렇게 멈춰 있네요."

"아니, 말했잖아요, 급했다고. 좀 뒤끝 있으시네."

보라는 오른쪽 어깨를 보란 듯이 끌어안고는 차로 돌아갔다. 의택도 차 쪽으로 가다가 멈칫했다. 열려 있는 트렁크로 보이는 차 안이 시커먼 굴인 양 뭔가 꺼림칙하게 느껴졌다. 운전을 그렇게 많이 하는 편은 아니지만 이런 기분은…
처음이었다. 멀뚱히 차를 쳐다보던 의택은 조수석에 오르는
보라를 보다가 불쑥 말했다.

"운전할 줄 알아요?"

그러자 보라는 텅 빈 운전석을 물끄러미 봤다. 의택은
덧붙였다.

"그냥 물어봤어요."

의택이 천천히 슬로프 경사로를 오르는데 보라가 말
했다.

"못 해요, 운전. 아는 언니가 사업하려면 운전 정도는 할
줄 알아야 한다고 해서 특별 연수도 몇 번 받았는데…."

의택은 휠체어 잠금장치 위로 조심스럽게 움직이며 물
었다.

"받았는데?"

보라는 어깨를 으쓱이고는 바로 앉았다. 그러고는 물
었다.

"운전할 때 가장 어려운 게 뭐예요?"

"글쎄요. 뭐, 옆 보는 게 좀 그렇긴 하네요. 내가 멀티태
스킹이 좀 안 되거든요."

“그럼 옆에서 뭐가 막 얼쩡거리면… 어떨 거 같아요?”

‘귀신 있어요. 여기 있으면 사고 나요.’

의택은 마른침을 삼키고 말았다. 그 소리가 너무 커서 보라의 시선이 의택의 입으로 향하는 게 보일 정도였다.

“이래 봬도 귀신을 엄청 무서워하거든요.”

보라가 의택과 휠체어를 보며 생각에 잠겼다. 의택은 아무래도 좋았다. 기어 버튼을 누르고 핸들을 잡아당겼다. 운전에 최대한 집중해보려 했지만 그럴수록 더 집요하게 보라와 보라가 했던 말과 보라가 했던 말이 가리키는 무언가가 의택의 콩만 한 집중력을 차지하려 발악했다. 결국 10미터도 못 가서 다시 차를 갓길에 세웠다. 바로 옆으로 차들이 경적 소리를 빵빵대며 경차를 원격으로 후려치고 지나쳤다. 차가 쉴 새 없이 좌우로 흔들렸지만 의택은 느낄 수 없었다. 옆을 볼 수도 없었다.

“저기요?”

“네?”

의택이 기겁을 해서 대답했다. 보라가 도로를 확인해가며 말했다.

“어, 그게, 겁 같은 거 주려고 한 말은 아닌데요… 난 그냥 사실을… 그러니까 내 얘길 한 거고….”

“지금도 계속 주고 있는 거 알아요?”

보라는 난데없이 화를 냈다.

“나라고 뭐 보고 싶어서 보는 줄 알아요? 나도 좋아서 보는 건 아니라고요! 왜 다들 그게 내 잘못인 것처럼 말해요? 백 번 양보해서, 내가 보지 당신들이 봐요? 그게 영향을 끼치면 나한테 끼쳤지 당신들한테 끼친 건 아니잖아!”

제 가슴을 퉁퉁 두드려대며 쏟아내는 보라의 서슬에 의택은 입만 떡하고 벌린 채 얼어버렸다. 천안역에서 본 겁먹은 개는 어디 가고 지금 눈앞에는 삵 한 마리가 의택을 향해 발톱을 내밀고 있었다. 하지만 그 덕분에 정신이 번뜩 들어서 귀신 생각은 찾아볼 수도 없게 됐다. 의택은 열어뒀던 입을 다물고 다시 핸들과 핸들을 잡았다. 보라도 정신을 차린 듯 창밖으로 고개를 돌렸다.

고맙기 그지없는 정적을 끼고 묵묵히 달렸다. 반대편으로 휴게소가 하나 지나갔고 졸음쉼터도 있었다. 하지만 세우고 쉴 생각이 나질 않았다. 그러면 안 될 것 같았다. 의택은 괜히 고개를 앞으로 쭉 빼 하늘을 보았다. 어느새 하늘의 질감이 달라졌다. 내비게이션 속 숫자 몇 개의 차이인데 세상은 정말 달라졌다. 그게 느껴졌다. 그게 아니면 그냥 피곤해진 걸 수도 있지만. 그러고 보니 이렇게 장거리 운전한 게 얼마 만이지? 아니, 처음이었다. 갑자기 뒤통수가 서늘해졌다. 그때, 보라가 말을 꺼냈다.

"난 그걸 부름이라고 불러요."

의택은 헛웃음을 웃었다.

"나 아직 운전 중인데요."

"나도 귀신 무서워요. 근데 그건 그런 전형적인 귀신의 느낌과는 달라요. 생각해봐요. 우리가 귀신이라고 하는 것들. 이야기. 그림. 그게 정말 귀신은 아니잖아요. 귀신이라고 합의한 뭔가일 뿐이지."

"인간은 합의하지 않고선 못 사니까요. 합의가 아니면 나나 그쪽이나 지금 포항 같은 델 왜 가겠습니까."

"내 말은, 무서워할 필요 없다고요. 그건."

의택은 보라의 말이 왠지 낯설지 않았다. 어디선가 들어본 것 같았다. 아니면 직접 해봤거나. 구체적으로 생각은 안 나지만 확신할 수 있었다. 하지만 지금 중요한 건 아니었다. 다음 휴게소를 알리는 표지판을 발견하고 차선을 변경하기 위해 깜빡이 버튼을 꾹 누르고 있었다.

"나한테 알려준 거예요. 거기 있으면 사고 난다고. 그뿐이에요."

"예, 그런 데 있으면 사고당하기 십상이긴 하죠. 미드 같은 거 보면 그런 데서 마약 거래하다가 꼭 총질하잖아요. 조금만 쉬었다 갑시다."

보라는 입을 앙다물었다. 존재를 부정당하기라도 한 듯한 표정에 의택은 좀 미안해졌다. 일부러 못 본 척하고 낙동강의성휴게소에 진입했다. 역시나 사람들로 북적였고 여러모로 도움이 되었다. 장애인 주차장이 위치한 휴게소 끝까지 사람들을 경계하며 천천히 주행했다. 보라가 한 이야기를 부정하기 위해 비아냥댄 건 아니었다. 뭐, 그러려고만 했던 건 아니었다. 그저 지금 상황에서 알지도 못하는 타인과 심오하고 영적이며 철학적인 얘기나 나눌 여유가 없었고… 무섭기도 했다. 아무리 귀신이 가상의 합의에 불과하다 한들 무서운 건 무서운 거니까. 학습된 합의란 이렇게나 무서운 것이다. 의택은 파란색 구역에 차를 주차하고 말했다.

"배 안 고파요?"

"밥 먹은 지 한 시간 됐는데요."

"뭐라도 마시든가 아니면 싸든가 해요. 30분 이따가 만

나요.”

보라가 다시 의택의 아래를 거의 반사적으로 보는 걸 감지하고 의택은 덧붙였다.

“유감스럽게도 난 안 싸요. 아니, 못 싸요. 이 이상은 운전 못 합니다. 이렇게 장거리는 처음이라고요.”

보라의 안색이 어두워졌다.

“포항 갈 수는 있는 거예요? 돌아가는 건요?”

생각하고 싶지 않은 또 하나의 주제였다. 가는 것만으로도 죽을 맛인데 돌아올 것까지 생각하면 아무것도 못 하게 된다. 의택은 못 들은 척하고 버튼을 때렸다. 이번에는 잊지 않고 뒷문도 확실히 열었다. 하지만 뒷문이 열리고 슬로프가 완전히 내려갈 때까지는 어차피 감옥에 갇힌 죄수와 다름없었다. 보라가 끈질기게 물었다.

“포항에 가면 모든 게 끝나는 게 아니거든요.”

“아이고.”

“그때부터 시작인 건데, 어떡하려고요.”

진짜 어떡하냐. 의택은 뒤쪽 소리에만 집중하려 애썼다. 될 리가 없었다. 짜증이 밀려왔고, 그래선지 피했어야 할 얘기가 입 밖으로 터져 나가고 말았다.

"사고 날 걸 아는 그게 사기꾼 있는 데는 모른답니까?"

보라의 눈에 다시금 광기가 스쳤고, 의택은 오줌이 마려워지는 환상에 빠졌다. 때마침 슬로프가 바닥에 내려앉았고, 의택은 조이스틱을 힘껏 당겨서 차량을 빠져나갔다. 의택은 서둘러 차량 원격 제어 앱을 실행해 슬로프를 올리고 트렁크 문도 닫았다. 보라가 조수석에서 내려 다가오고 있었다. 대체 무슨 헛소리를 한 거야? 귀신한테 물어보기라도 하자고?

"진심이에요?"

보라가 물었다. 어투는 반농담인데 눈은… 진지했다.

"설마요. 뭐, 귀신한테 사기꾼 위치 좀 알려달라고 제라도 지내요?"

형형색색의 옷을 차려입은 사람들이 휴게소를 오가면서 이쪽을 쳐다봤는데 의택의 휠체어 때문인지 개조된 특장차 때문인지 의택이 한 해괴한 말 때문인지 도통 알 길이 없었다. 의택은 뒷문이 닫히자마자 보라한테서 반대 방향으로 돌았다. 장애인 주차장 너머로 잘 다듬어진 인도가 휴게소 뒤편 산책로로 이어졌는데 그 한쪽에 커다란 비석이 설치돼 있었다. 거기에는 관리청의 행정 직원이 골랐을 문구가 새겨져 있었다.

낙동강의성휴게소, 밑져야 본전

꿈을 함께 꾸면 현실이 되고

함께 이은 이 길은 역사가 된다

의택이 무언가에 홀린 듯 문장을 보고 있는데 보라가 옆으로 다가와 말했다.

"솔직히 말해서, 그렇게 추천은 못 해요."

의택은 놀라서 옆에 서 있는 보라를 쳐다봤다.

"네? 뭐, 뭘요?"

"부름을 부르는 거요."

"아니, 내 말은요…."

보라는 문장을 거의 노려보고 있었다.

"그렇기는 해도… 밑져야 본전이겠죠."

그 말만큼은, 지금 상황에서 꽤나 구미가 당겼다. 의택은 애써 아무렇지 않은 척 대꾸했다.

"더 질 밑도 없습니다."

말하고 나니 씁쓸하면서도 가슴이 진정됐다. 괜히 조금 전까지의 동요가 다 우스워졌다. 귀신이 정말로 존재하든 한낱 합의일 뿐이든 의택에게, 휠체어 탄 의택에게, 그리고 사업 자금을 깡그리 날려먹은 지금의 의택에게 그것은 아무것도 아니었다. 의택은 불쑥 보라의 비장한 눈빛에서도 비슷한 느낌을 찾을 수 있었지만 그가 실제로 어떤 마음인지는 알 길이 없었다. 다시 앞을 보고 돌에 쓰인 문구를 읽었다. 꿈을 함께 꾸면 현실이 되고, 함께 이은 이 길은 역사가 된다. 강연할 때 써먹어야겠는데? 의택이 문구를 속으로 되뇌는 동안 보라가 어디론가 가기 시작했다.

"저기요?"

보라는 앞만 보고 걸었다. 꼭 누가 불러서 가는 사람처럼 보이기도 했는데, 그런 생각이 들자 의택은 보라가 말한 '부름'이라는 걸 떠올리고 얼어붙었다. 하지만 이내 입술을 앙다물고 휠체어를 전진시켰다. 보라는 휴게소 안쪽으로 가며 밖으로 나오는 사람들을 거의 밀치듯 했다. 정말 또 뭐라도 본 건가? 귀신을? 의택은 조금 더 속도를 높여 경사로 쪽으로 우회했다. 경사의 오르막과 끝부분에서도 거침없이 질주했다. 시속 3킬로로 휴게소 안쪽을 향해 몸을 날렸지만 어느새 보라의 모습이 보이지 않았다. 점심시간이 끝나갈 즈음이어선지 밖으로 나오는 인파가 거의 파도를 치고 있었다. 의택은 순간 현실적인 두려움에 휩싸였다. 보라가 이대로 가버린다면? 한창 귀신 얘기를 하던 중이었고, 어찌 됐건 포항

낙동강의성휴게소, 밑져야 본전

133

이란 데까지 가자고 합의가 된 상황에서 보라가 난데없이 가버린다는 게 논리적으로 이치에 맞는 것 같진 않았지만 의택은 너무 무서웠다. 귀신이 불러댄다는 인간이니 아주 터무니없는 두려움은 아닐지도 모른다는 생각 역시 겁을 부추기는 데 일조했다. 의택은 일단 달렸다. 시속 3킬로미터로, 사람들을 피해, 보라가 사라진 휴게소 안쪽으로, 달렸다. 달고 고소하고 매콤한 냄새가 깔린 휴게소 안쪽은 의택의 눈높이에서는 온갖 간판의 연속으로만 보였다. 귀를 왕왕 울려대는 트로트와 아이돌 음악 그리고 사람들의 말소리와 자동차 경적 소리 때문에 정신이 멍했다. 사람들은, 비장애인 성인들은 자기들끼리 떠들며 걸음을 걷다가 뒤늦게 의택은 발견하고 지뢰나 개똥이라도 발견한 듯 움찔하고는 비켜섰다. 그러고는 신기하다는 듯 수군대며 가버렸다. 언뜻 장애인도 있네, 하는 말을 들은 것도 같았다. 의택은 점포를 구분하는 중앙 복도를 가로질러 휴게소 뒤쪽으로 달렸다. 20미터나 갔을까, 다시 하늘이 보였고 아까 보았던 산책로가 이곳까지 이어져 있는 게 보였다. 저건 강인가? 그러고 보니까 낙동강의성휴게소지. 그 낙동강이 저건가. 잠시 넋 놓고 있던 의택을 향해 누군가 손짓하고 있었다. 산책로 끝에 보라가 있었다.

그는 태연하게 의택 쪽을 향해 손을 휘휘 젓고 있었는데 뭐
랄까 전반적으로 기운 없는 작은 체격의 보라가 저러고 있으
니까 그것 또한 섬찟한 구석이 있었다. 의택은 경사로를 찾
아 빙 돌아 보라 쪽으로 가며 민망함을 감추려 애썼다. 휴게
소를 가로지르는, 시간으로 따지면 채 3분이 안 되는 순간은
혼자서만 알고 무덤까지 안고 가야 할 것이었다. 의택은 괜
히 먼저 변명을 늘어놓았다.

"경사로가 구석에 있잖아요. 사람들도 많고."

보라는 경사로가 있는 쪽을 볼 뿐 별다른 얘긴 하지 않
았다. 그저 다시 걷기 시작했다. 그럴듯하게 조성해놓은 산
책로를 벗어나서 흙길을 나아갔다. 얼마 가지 않고 뒤돌아보
더니 휠체어와 바닥을 살폈다. 의택은 얼른 보도블록의 가장
낮은 턱을 찾아 신중하게 내려가 흙길을 나아갔다. 포장도로
에 비할 순 없지만 아주 나쁘지도 않았다. 그건 그렇고… 의
택은 물었다.

"불러요?"

보라가 또 의택을 한번 돌아보더니 다시 앞을 보고 걸
었다. 아까부터 보이는 강은 조금도 가까워진 것 같지 않았
는데 아무래도 보기와는 다르게 꽤 멀리 있는 모양이었다.

낙동강의성휴게소, 믿져야 본전

135

아니면… 무슨 저주에라도 걸렸거나. 왜 자꾸 재수 없는 생각을 하는 거지? 눈길이 보라로 향했다. 그때, 보라가 갈림길을 앞두고 멈춰 서서 말했다.

"논이에요."

의택도 논길에 멈춰 서서 멍하니 말했다.

"그러네요."

보라가 잠시 갈림길의 이쪽저쪽을 보더니 우측을 향해 또 걷기 시작했다. 의택은 참을 수 없어서 조금 큰 목소리로 물었다.

"오래요? 귀신이?"

말하고 나서 저도 모르게 입술을 꽉 물었다.

"그런 것 같아요."

의택은 정신이 번쩍 들어 외쳤다.

"예? 그런 것 같다뇨? 저기요!"

의택은 가능한 한 속도를 높였다. 평탄한 길이었다면 걷는 사람을 앞서는 건 일도 아니었겠지만, 이런 길에서는 조심해야 했다. 무슨 황당한 일이 벌어질지 몰랐다. 그뿐 아니라 민망한 일이 벌어질 수도 있었다. 보라가 말했다.

"말했지만, 드라마에 나오는 것처럼 귀신이랑 인간적으

로 교류하는 게 아니에요.” 그렇게 말하고는 우뚝 멈춰 선 보라가 뭔가를 찾듯 두리번거렸다. “아, 겨우 찾은 것 같았는데.”

의택은 놀라서 휠체어를 멈춰 세웠다. 보라의 발목을 칠 뻔했다. 보라는 냄새 맡는 개처럼 뭔가를 찾아 한 걸음 한 걸음 움직였다. 대체 지금 뭘 하는…? 의택은 물었다.

“귀신이 있기는 있는 겁니까?”

보라가 말했다.

“왜요, 이제 와서 역시 거짓말 같아요?”

“아니, 그런 말이…”

어느새 논두렁을 넘어 흙인지 진흙인지 모를 곳에 발 하나를 반쯤 박은 채 서 있는 보라가 의택을 노려봤다. 왠지 아까 노발대발 화를 내던 보라가 떠올라서 의택은 또다시 무서워졌다. 어쩌면 도망가야 할 건 보라가 아니라 나일지도. 물론 금세 잡히겠지만.

“성급하게 굴지 말아요! 나는 그냥 부른다는 귀신이 대체 어디 있는지 궁금한 것뿐이니까.”

보라의 눈은 말하고 있었다. 거짓말을 하는 건 내가 아니라 너라고. 의택은 저도 모르게 부연했다.

“상식적으로 생각해봐요. 내가 정말 그 부름이라는 걸

의심한다면 이런 논바닥까지 들어왔겠어요? 바퀴라도 빠졌다간 진짜 큰일이라고요!"

의택은 나름 잘 얘기했다고 생각했다. 그런데 뭔가 이상했다. 보라의 눈은 기름이라도 끼얹은 것마냥 더 활활 타올라서 정말로 빛이라도 발할 기세였다. 아까의 광기와도 결이 또 다른 것이 진짜 도망이라도 치고 싶어지는 눈이었다. 설상가상으로 보라가 척 하고 논길을 딛고 올라와 이쪽으로 다가오기 시작했다. 보라가 걸음을 내디딜 때마다 흙길에 시커먼 흔적이 남았다. 의택은 생각했다. 귀신이 정말로 있다면 지금 보고 있는 게 틀림없다고. 의택은 이성의 바짓가랑이를 붙들고 버텼다.

"제발, 우리 돈 찾아야 할 거 아니에요!"

매우 현실적인 지적이었지만 보라는 듣긴 했는지 의심스럽게 반응이 없었다. 어느새 손을 뻗으면 닿을 거리에서 보라가 말했다.

"내가 추천하지 않는다고 말했죠."

"예?"

보라는 어느덧 원래의 보라, 의택의 기준에서 원래의 보라로 되돌아와 있었는데 꼭 날밤이라도 보낸 사람처럼 기

운이 빠져 보였다. 정말로 다크서클이 낀 것 같은 퀭한 눈을
두 손으로 벅벅 문지르면서 보라는 말했다.

"모르겠다는데요."

의택은 뒷목을 타고 흐르다 마는 기운에 맥이 쫙 빠져
나가는 것을 느꼈다.

"귀, 귀신이요? 내, 내, 내 뒤에 있어요?"

보라가 의택과 그 뒤를 번갈아 봤다. 의택은 마음의 준
비를 했다. 사실은 그냥 아무 생각도 들지 않았다. 의택은 빙
돌았다. 없었다. 푸른 하늘과 퍼런 논 그리고 그 중간의 어중
간한 강 외에, 당연한 말이지만 아무것도 없었다.

"흐."

의택은 마저 돌아서 보라를 쳐다봤다.

"흐."

보라가 의택을 따라 흐, 해보더니 물었다.

"무슨 뜻이에요?"

의택은 또 한 번, 아니 두 번 흐흐, 하고 웃었다. 그러고
는 천천히 왔던 길을 되돌아갔다. 보라가 따라오며 말했다.

"무슨 뜻이냐고요."

"아무 뜻도."

낙동강의성휴게소, 밀쳐야 본전

히치하이커

"포항에 귀신의 집 있는 거 알아요?"

보라가 난데없이 물었다.

"네?"

의택이 화들짝 놀랐다. 의택은 내비게이션과 도로를 번 갈아 노려보면서 톨게이트까지 남은 거리와 휴게소에 다시 들러야만 하게 되는 지점을 계산하던 참이었다.

"포항에 귀신의 집 있다고요. 그 왜, 바다에 빠진 그 손 옆에 있다던데."

"…그래서요?"

의택이 경계심 가득한 목소리로 되물었다. 이 대화가 어디로 향하려는지 알 수 없었다.

"텔레비전에 나왔더라고요. 새빨간 조명 설치하고 마네킹한테 피 칠갑해서 그 동네에서 유명하대요."

보라는 어쩐지 굉장히 흥분한 말투였다. 너무 빠르고 기운차게 말해서 조금 신이 난 것 같기도 했다.

"그게 지금… 정확히 무슨 상관인데요?"

의택은 전혀 흥분하거나 신나 보이지 않았다. 보라는 약간 시무룩해졌다.

"마이크 씨가 아까 포항 가자고 했으니까… 기왕에 가는 김에 한번 보면 좋잖아요."

"어…."

의택은 입을 열었지만 대답하지 않았다.

차 안에 잠시 답답한 침묵이 흘렀다. 차창 밖으로는 논밭과 산의 풍경이 끊임없이 이어졌다.

보라가 다시 조심스럽게 입을 열었다.

"포항에 모처럼 가는 거잖아요. 포항이 사실 가까운 동네도 아니고, 날이면 날마다 가는 것도 아니니까…."

"그럼, 뭐, 가요."

의택이 보라의 말을 자르며 이렇게 던졌다. 보라는 흠칫 말을 멈추었다.

"존 씨가 귀신을 그렇게 좋아하니까 우리 그 귀신의 집 가서 한번 물어보죠. 내 돈 훔쳐 간 사기꾼들 지금 다 어디 있는지."

의택의 목소리에는 너털웃음이 섞여 있었다. 그러나 보라는 웃을 수 없었다. 대답할 수도 없었다.

의택이 다시 말했다.

"아니다, 그놈들은 상관없겠네. 그놈들보다도 내 돈 어디 있는지 물어보는 게 더 빠르겠네요."

보라는 의택이 백미러를 통해 자신을 흘끗 쳐다보는 것을 느끼고 고개를 돌렸다. 창밖에는 계속해서 산, 논, 밭, 찻길, 산, 논, 밭 찻길만 무미건조하게 이어지고 있었다. 의택이 넋두리하듯 주절주절 말을 이었다.

"내 돈이 아직 한국에 있는지, 어디 다른 나라로 이미 다 빠져나갔는지, 아니면 내 피 같은 돈을 종잣돈 삼아서 그놈들이 존 씨가 나한테 했듯이 또 어느 불쌍한 사람한테 사기 치고 있는지, 그 정도는 알려줄 수도 있잖아요, 귀신이."

보라는 의택이 말을 마칠 때까지 대답하지 않았다. 한참 뒤에 보라가 조그만 목소리로 반박했다.

"전 사기 친 게… 사기 치려고 한 게 아니에요. 저도 투자 권유…"

"답답한 것도 이쯤 되면 올림픽 선수급이네요."

의택이 말을 끊으며 이렇게 투덜거리고 한숨을 푹 내쉬었다.

"나도 사기당했다고 하면 남한테 사기 친 게 없었던 일이 돼요? 존 씨가 하자는 대로 포항 가서 귀신의 집 구경하면 내 돈 돌려줄 거예요?"

그리고 의택은 마침내 보라가 가장 피하고 싶었던 말을 내뱉었다.

"그러지 말고 경찰서를 갑시다. 내가 가자면 같이 갈 거예요, 그럼?"

보라는 대답을 할 수 없었다. 의택은 앞을 바라보며 주의 깊게 운전하면서 차 앞유리창에게 하소연하듯이 투덜거렸다.

"자꾸 귀신 탓을 하는데 나야말로 좀 묻고 싶네요. 내가 존 씨 경찰에 사기죄로 고소라도 해야 귀신 같은 소리 안 하고 내 돈 어디로 보냈는지 똑바로 말할 거냐고요."

"내려줘요."

경북 칠곡군, 히치하이커

143

보라가 속삭이듯 말했다.

"나 내릴래요."

의택은 콧방귀를 뀌었다.

"여기 고속도로 한가운데인데 내리긴 무슨 수로 내려요."

"그럼 고속도로 아닌 데 내려줘요."

보라의 목소리가 조금 더 커졌다.

"내가 무슨 택시 서비스인 줄 알아요?"

의택의 목소리도 드디어 높아지기 시작했다.

"지금까지 타고 온 기름값 내놔요. 그럼 내려줄 테니까."

"내릴래요."

보라가 떨리는 목소리로 말했다.

"안 내려주면 문 열고 뛰어내릴 거예요."

"문 열 수 있으면 열어봐요."

의택이 받아쳤다.

그것은 사실이었다. 차 문은 의택이 열어주지 않는 한 열리지 않았다. 차 문만이 아니었다. 이 차의 모든 요소를 의택이 통제하고 있었다. 보라는 자동차를 잘 알지 못했지만 의택이 운전하는 이 차가 지금까지 타보았던 평범한 차들과 확실히 다르다는 것 정도는 명확하게 깨닫고 있었다.

차에 선뜻 올라탄 것이 실수였다. 그때는 어쩔 수 없었지만, 어쨌든 실수였다. 보라가 예상했던 것보다 훨씬 더 큰 실수였다.

보라는 조수석 문을 발로 차기 시작했다.

"어, 그러지 마요!"

의택이 당황하며 외쳤다. 보라도 지지 않았다.

"내려줘요!"

"알았으니까 그만해요!"

"내려달라고요!"

"그만하라고! 이러다 사고 나요!"

'사고'라는 말에 보라는 잠시 움찔했다.

"둘 다 죽기 전에 그만해요. 내려줄 테니까."

의택이 말했다. 보라는 발길질을 멈추었다.

의택은 가장 가까운 고속도로 출구를 향했다. 가장 오른쪽 차로로 들어가서 출구 램프를 따라 천천히 내려갔다. 그리고 램프가 끝나는 곳까지 천천히 나아가서 좁은 길가에 차를 세웠다. 주변에는 논과 밭뿐이었다.

"내려요."

의택이 짧게 말했다.

"여기가 어디예요?"

보라가 주위를 두리번거렸다. 의택이 내뱉었다.

"몰라요. 하여간 고속도로는 아니니까 내려요."

"이런 데다 내려주면 어떻게 하라는 거예요?"

"내려달라면서요. 고속도로 한가운데서 발길질할 때는 언제고?"

의택이 화를 냈다.

"차라리 고속도로가 낫지 이런 허허벌판에 내려서 나더러 어떡하라고요?"

보라는 차 문 손잡이를 잡은 채 어찌할 바를 몰라 했다.

"거참 말 많네. 남의 돈 떼먹고 지금 그쪽이 나한테 이래라저래라 할 입장이에요?"

의택이 뭔가 버튼을 조작했다. 조수석 문이 천천히 조금 벌어졌다.

"내려요."

"나 여기다 내려주면… 이런 데다 내려주면…."

보라가 손으로는 여전히 조수석 문손잡이를 꼭 움켜쥔 채 말을 하다가 망설였다. 차마 그 단어가 입에서 나오지 않았다.

"경찰에 신고한다고요?"

의택이 코웃음을 쳤다.

"나야 좋지. 신고해요."

의택이 기다렸다는 듯 말했다.

"아니면 아예 경찰서 앞에 내려줘요? 그게 좋겠네."

'담당 수사관에게 전화 연락 바랍니다.'

보라는 오는 길에 받은 문자의 내용을 떠올렸다.

이제 더 이상은 어쩔 도리가 없었다.

보라는 차에서 내렸다. 조수석 문을 일부러 닫지 않았다. 그러나 의택이 버튼을 조작하자 조수석 문은 열릴 때처럼 천천히 부드럽게 저절로 닫혔다.

그리고 의택은 떠났다.

보라는 논과 밭 사이에 혼자 남았다.

보라는 버스 정거장 표지판을 향해 걸었다. 표지판은 있는데, 아무리 기다려도 버스가 오지 않았다. 날씨가 습하고 끈적거렸다. 주변의 젖은 나무와 풀, 축축한 찻길에서 별로 유쾌하지 않은 습기의 냄새가 풍겨 나와 공기 중에 답답하게 떠돌고 있었다.

보라는 시계를 보았다. 20분이 지났다.

인터넷 포털을 열고 지도 정보를 찾아보았다. 지도의 정거장 표지판에 나타난 버스 번호는 단 한 개였다. 버스 번호를 누르자 노선이 화면에 나왔다. 버스 도착 시간은 알 수 없었다. '정보 없음'이라는 네 글자는 화면을 아무리 새로 고쳐봐도 바뀌지 않았다.

지도 정보에서 다른 버스 정거장을 찾아보았다. 주변에 버스 정거장은 이곳밖에 없었다. 지도 앱에 따르면 가장 가까운 버스 터미널은 걸어가면 49분 걸린다고 나와 있었다. 가장 가까운 기차역은 걸어가면 9시간 23분 거리에 있었다. 다른 버스 정거장을 찾으니 버스 터미널로 가는 쪽이 더 현실성이 있어 보였다. 보라는 핸드폰 화면을 들여다보면서 방향을 가늠했다. 논과 밭 사이에 가늘게 뻗은 콘크리트 도로는 이쪽이나 저쪽이나 다 똑같아 보였다.

걷는 도중에 비가 내리기 시작했다. 분무기로 뿌리는 듯한 가느다란 안개비가 조금 더 굵어져 이슬비가 되었다. 머리카락이 젖어 얼굴로 빗물이 흘러내렸다. 이마에서 흘러내린 빗물이 눈으로 들어갔다. 앞이 잘 보이지 않았다.

걷는 도중에 갈림길이 나왔다. 좁은 시멘트 길이 아스팔트 도로로 이어져 세 갈래로 나뉘었다. 길가에 높이 서 있는 표지판에는 처음 보는 지명들이 적혀 있었다.

보라는 핸드폰을 들여다보았다. 아스팔트 도로를 따라 조금 걸어가자 지도 앱에 나타난 빨간 화살표가 버스 터미널로 가는 경로에서 점점 벗어나기 시작했다. 보라는 표지판 아래로 다시 돌아왔다. 핸드폰을 왼쪽으로, 오른쪽으로 돌려 보았다. 다시 방향을 설정했다. 아스팔트 도로가 다시 콘크리트를 씌운 좁은 길로 이어지고 그 길을 따라가자 굴다리가 나왔다. 굴다리 아래는 어둠침침해 보였다. 그리고 분무기처럼 사방을 뒤덮은 빗줄기 속에서 굴다리 아래 공간으로부터 악취가 강렬하게 풍겨왔다. 굴다리 옆에는 축사가 있었다. 얼기설기한 울타리 안에 소들이 순한 눈을 크게 뜨고 굴다리 건너편에 서서 어쩔 줄 몰라 하는 보라를 바라보았다.

보라는 핸드폰을 다시 들여다보았다. 제발 저 방향으로 가야 하는 것이 아니기를 빌면서 핸드폰을 왼쪽으로, 오른쪽으로 눕혀 경로를 확인했다. 빨간 화살표는 한 곳을 가리키고 있었다. 굴다리 아래로 지나가야 했다. 빗속에서 습한 공기가 축사 냄새로 뒤덮였다. 보라는 구역질이 날 것 같았다.

자동차 소리가 들려왔다. 왕복 2차로 아스팔트 도로에서 파란색 소형 트럭이 다가오고 있었다. 삼거리 길목에서 트럭은 좌회전 방향등을 깜빡이며 멈추어 섰다. 보라는 전속력으로 트럭을 향해 뛰어갔다. 운전석 옆으로 달려가서 창문을 두드렸다.

"저기요!"

빗물이 흘러내리는 운전석 창문을 통해 안에 앉은 사람이 어리둥절한 표정으로 자신을 돌아보고 있었다. 보라는 더 절박하게 창문을 두드렸다.

"저기요!"

운전자가 마침내 창문을 내렸다.

"여기 버스 터미널 가려면 어떻게 해야 돼요?"

보라가 비명을 지르듯이 물었다.

"저쪽 길로 쭉 가면 돼요?"

"저쪽 길은 맞지만, 걸어가게요?"

운전자가 더욱 어리둥절한 표정이 되어 보라에게 되물었다. 운전자는 대략 50대 정도로 보이는 여성이었다. 조금 열린 운전석 창문으로는 헐렁한 분홍색 반소매 셔츠와 손목으로 말아 내려 구겨놓은 하얀색 자외선 차단 토시만 보였다.

“저 굴다리 아래로 지나가야 돼요?”

보라가 가장 중요한 사항을 물었다. 소형 트럭 운전자가 고개를 갸웃했다.

“비 오는데 어쩌다 이런 데를 걸어가요?”

“일행이 저 여기다 억지로 내려놓고 혼자 가버렸어요.”

보라는 최대한 두루뭉술하게 설명했다.

“남자 친구하고 싸웠나 보네?”

운전자는 자기 마음대로 짐작했다. 그리고 제안했다.

“타요. 내가 버스 정류장까지 태워다 줄게요.”

“정말요?”

보라는 반색했다. 동시에 망설였다. 이곳은 전혀 모르는 지역이었고 이 트럭 운전자도 전혀 모르는 사람이었다. 그러나 지금 보라는 택시를 탈 돈이 없었고 그렇다고 빗속에서 어딘지도 모를 곳으로 하염없이 걸을 정신적 용기도 육체적 기운도 남아 있지 않았다.

“타요. 다 젖겠네.”

트럭 운전자가 말했다. 보라는 조수석으로 달려가 트럭에 올라탔다.

경북 칠곡군, 히치하이커

151

"감사합니다."

걸어서 49분 걸린다던 버스 터미널은 차로 10분도 채 걸리지 않았다. 비가 내리는 좁은 콘크리트 길이라 운전자가 상당히 천천히 운전했는데도 순식간에 도착했다. 보라는 차에서 내리면서 운전자에게 몇 번이나 고개 숙여 인사했다. 운전자는 보라를 주차장 입구에 내려주고 트럭의 방향을 돌려 빗속으로 사라져버렸다.

보라는 버스 터미널 안으로 들어가서 매표소 창구 앞에 섰다.

"어디로 가실 거예요?"

창구 안에서 직원이 물었다. 보라는 창구 위 벽에 걸린 요금표를 쳐다보았다.

남서울(서초) 14,600원. 강남(센트럴시티) 14,600원. 동서울(구의) 15,000원.

수원 13,900원. 안산 15,000원. 부천 17,200원.

보라는 목적지 이름과 요금 숫자를 몇 번이나 다시 읽어보았다. 핸드폰 뒤에 꽂아놓은 자신의 체크카드를 쳐다보았다. 보라의 은행 계좌에는 동서울이나 남서울까지 가는 버스표를 구입할 14,600원이 남아 있지 않았다. 서울은 고사하고 수원까지도 갈 수 없었다. 보라의 체크카드에 남아 있는 돈은 13,000원이 전부였다.

서울로 돌아갈 수 없다.

그것은 굉장한 충격이었다.

물론 서울까지 돌아가는 표를 구입할 수 있다 하더라도 버스 터미널에서 집까지 어떻게 가야 할지는 생각해보지 않았다. 걸어야 할까? 서울의 버스 터미널에서 집까지 가는 거리가 방금 지나온 축사 앞에서 이 버스 터미널까지 걸어오는 거리보다 훨씬 더 멀 것이다. 그리고 서울에는 방금 태워준 친절한 아주머니처럼 빗속에 길 잃은 외지인이 혼자 걷고 있다고 해서 공짜로 차를 태워줄 사람도 없다. 그런 사람이 있다면 아마도 범죄자일 것이다.

'범죄'라는 단어 때문에 보라는 자동으로 '경찰'을 떠올렸다. 사기죄로 고소하겠다던 의택의 말을 떠올렸다. 자칭 경찰서에서 보냈다는 문자를 떠올렸다. 남은 힘을 모두 짜내어 집까지 걸어서 돌아간다 해도 그 뒤에 어떻게 될지는 아무도 알 수 없었다. 영화 같은 데서 보았던 것처럼 경찰이 문을 부수고 "손 들어! 경찰이다!" 하고 외치며 쳐들어와 손목에 수갑을 채워 끌고 나가는 장면을 보라는 상상했다.

경북 칠곡군, 히치하이커

153

그러나 어쨌든, 서울에 도착한 이후의 모든 암울한 가
능성에도 불구하고 아예 서울에 갈 수조차 없다는 사실에 보
라는 절망했다.

"손님."

창구 안에서 직원이 불렀다.

"어디까지 가세요?"

기분 탓인지 직원의 목소리가 아까보다 좀 더 재촉하는
듯이 들렸다.

보라는 요금표를 재빨리 훑어보았다. 그리고 체크카드
잔액으로 버스표를 구입할 수 있는 지역의 이름을 말했다.

버스에 타자마자 보라는 잠들었다. 깨어났을 때 보라는
전혀 모르는 도시의 생전 처음 와보는 터미널에 도착해 있었
다. 버스가 멈추고 승객들이 모두 내렸다. 보라는 마지막으
로 버스에서 내렸다. 내리지 않을 수는 없었다.

보라는 터미널 안으로 들어갔다. 터미널은 작지만 깔끔
했고 대합실 안에 앉을 자리도 많이 있었다. 다만 누워서 잘
수 없도록 한 명분 자리마다 양쪽에 팔걸이가 있었다. 보라
는 빈자리에 털썩 주저앉았다.

여기가 어디인지 알 수 없었다. 누군가에게 전화해서 데리러 와달라고 부탁하고 싶었다. 그러나 연락할 사람은 아무도 없었다. 가족은 보라의 전화를 받지 않게 된 지 오래였다. 보라 자신도 전화기를 몇 번 바꾸면서 번호를 잃어버려서 이제는 연락처를 알지도 못했다.

보라는 핸드폰을 열고 화면을 들여다보았다. 연락처에 저장된 전화번호는 굉장히 많았다. 전부 투자자들, 아니면 투자 설계사, 투자 상담사, 리딩방 방장…. 투자와 관련되지 않은 연락처라면 수련원에서 알게 된 사람들 중에서 한두 명 정도의 번호가 전부였다. 보라의 갑작스러운 전화를 받아준다 해도 어딘지 모를 곳으로 데리러 와줄 것 같지는 않았다. 무엇보다도 수련원 사람들은 보라와 마찬가지로 돈도 없었고 차도 없었다.

핸드폰을 들여다보고 있을 때 갑자기 전화가 왔다. 모르는 번호였다. 보라는 깜짝 놀랐다. 통화를 종료하는 빨간 버튼을 누르려다가 실수로 통화를 연결해버렸다.

"여보세요."

보라가 아무 말도 하지 않자 상대방이 먼저 말했다. 그리고 보라의 이름을 말하며 물었다.

경북 칠곡군, 히치하이커

"본인 핸드폰이 맞습니까?"

"네? 네…."

보라가 간신히 대답했다.

"여긴 서울중앙지검입니다. 저는 사이버수사대 팀장 김건열 검사…."

'검사'라는 말을 듣는 순간 보라는 전화를 끊어버렸다. 그리고 숨을 몰아쉬며 핸드폰 화면을 들여다보았다.

이것은 계시였다. 보라는 확신했다. 서울로 돌아가면 안 된다.

이전에 지내온 삶도 삶이라고 말할 수 있을지 모르겠지만 어쨌든 그런 삶이라도 이제는 다시 돌아갈 수 없었다. 사실 그것은 계시라기보다 자기 자신의 상황 판단이었지만 보라는 그것을 계시라고 믿었다. 계시가 간절히 필요했기 때문이다.

돌아갈 수 없다. 돌아가서는 안 된다.

보라는 울기 시작했다.

그리고 의택에게 전화했다.

"여기 버스 터미널이에요… 저 좀 데리러 와주세요…."

보라가 전화해서 이렇게 부탁할 사람은 의택뿐이었다.

　안동역이 이렇게 생겼구나. 한옥 테마로 지어진 안동역 앞을 천천히 지나가며 역사를 구경하던 의택은 경차 안을 왕왕 울리는 벨 소리에 화들짝 놀랐다. 그리고 내비게이션 화면에 떠 있는 이름은 의택을 공포로 몰아넣기까지 했다.

　존.

　의택은 존이라는 글자와 백미러로 보이는 안동터미널 건물을 번갈아 봤다. 저 안에 보라가 있었다. 아니, 안동역 역사를 구경하느라 보라가 나오는 걸 못 봤는지도 몰랐다.

　벨 소리는 끊이질 않았고 벨 소리의 사이클이 한 번 두 번 쌓일 때마다 의택의 머릿속도 빙빙 돌았다. 어쩌지? 존이

자길 따라온 걸 아나? 아까 낙동강의성휴게소에서 벗어나자
마자 가까운 버스 정거장에 보라를 떨구고 그 주변을 돌아
나가려는데 비가 오기 시작했다. 와이퍼를 켤 정도는 아니었
지만 보라가 신경 쓰이지 않을 수 없었다. 버스가 올까? 이런
시골에? 오더라도 언제 올지 모를 터였다. 운이 나쁘면 몇 시
간도 기다려야 할 수 있었다. 재수가 없으려니까 빗줄기는
점점 굵어졌고 결국 와이퍼를 켜고 버스 정거장 쪽으로 되돌
아가려 했다. 하지만 이 차가 아무리 경차라고 해도 좁은 시
멘트 논길에서 유턴을 할 수는 없었고 의택은 비가 오는 논
길에서 낼 수 있는 최대 속도로 주변을 빙 돌아 다시 버스 정
거장으로 향했다. 그런데 보라가 없었다. 버스가 왔다면 다
행인데 왠지 그건 아닌 것 같았다. 그래서 길을 따라 나아갔
다. 내비게이션을 확인해보니 걸어서 한 시간 조금 못 되는
거리에 버스 터미널이 있었다. 차로 가면 금방인데, 거기라
도 내려주자 싶었다.

그런데 보라가 보이지 않았다. 앞쪽에는 소형 포터 한
대뿐이었고 사람이라곤 눈이 빠져라 훑어봐도 그림자조차
보이지 않았다. 잘못 짚었나? 지금이라도 돌아가야 하나 싶
은데 앞쪽 포터가 깜빡이를 켜고 버스 터미널 앞으로 가더니

보라를 뱉어 냈다. 어이가 없으면서도 마음이 놓였다. 포터를 따라 나갈까 하다가 의택은 주차장에 차를 세우고 잠시 숨을 돌렸다. 다시 또 포항까지 갈 생각을 하니 솔직히 엄두가 안 났다.

괜히 보라가 들어간 대합실 쪽을 보는데 문득 보라가 휴게소에서 밥을 먹고 돈이 얼마 안 남았다고 중얼거리던 게 떠올랐다. 고속버스 탈 돈은 있겠지? 의택은 조금 더 기다려 보기로 했다. 또 뭘 하길래 감감무소식인가 싶어 불안해질 즈음, 보라가 나왔다. 그리고 버스에 올랐다. 됐네. 의택은 시동을 켰다. 버스를 따라 나가려고 기다리며 버스에 붙어 있는 광고를 구경했다. 하회탈을 쓴 춤꾼의 주위로 "평안이 머무는 곳 마음이 쉬어 가는 안동"이라는 표어가 회오리쳤다. 아, 어째 또 싸한데…. 의택은 버스의 목적지를 살폈고 아니나 다를까 안동터미널이었다. 그냥 경유지면 좋을 텐데, 하며 내비게이션을 살피니 포항과는 완전히 반대 방향이었다. 이 경로를 설명할 수 있는 가설은 하나뿐이었다. 보라가 가진 돈으로는 안동까지밖에 갈 수 없다. 대체 안동에서 뭘 어쩌려고?

그렇게 돼서 안동터미널까지 따라온 거였다. 왜 이렇게

안동터미널, 미행

까지 하는 건지 의택은 스스로에게 물었지만 별건 없었다. 비 맞아 생쥐 꼴로 떠는 겁먹은 개를 본다면 먹을 걸 주기 마련 아닌가. 솔직해지자면 아까 보라를 향해 쏟아낸 화살이 의택의 양심에 남긴 생채기가 신경 쓰였다. 그렇게까지는 하지 않았어도 됐는데. 비를 피해 안동터미널 출입구 밑에서 서 있는 인영이 보라인지 아닌지는 잘 안 보였지만 어쨌든 그것을 바라보며 의택은 "통화" 하고 말했다. 그리고 기다렸다. 보라가 한참 만에 말했다.

"여보세요?"

"여보세요."

또 침묵. 왜 전화했지?

"어… 그… 제가 지금 안동이거든요?"

"근데요?"

의택은 저도 모르게 툭 내뱉고는 입술을 물었다. 설마 알고 있다는 걸로 들리진 않았겠지? 의택은 덧붙였다.

"나는 지금 그쪽이 걷어찬 곳 살펴보고 있거든요. 이게 이래 봬도 전 세계에서 하나밖에 없는 개조 찬데 진짜 너무한 거 아닙니까?"

"아니… 그, 그건 죄송하게 생각하고요…. 근데 차는 어차피 레이 아니에요? 그리고 까져봐야 플라스틱….”

“지금 그런 말 하는 게 아니잖아요!”

의택은 헛웃음을 웃고는 차라리 잘됐다 싶어 목의 긴장을 풀었다. 버스 터미널 출입구 주변에는 승객을 기다리는 택시 몇 대뿐이었다. 하지만 조심해서 나쁠 건 없지. 의택은 교차로에서 천천히 좌회전했고 속도를 높였다.

“그래서요, 그쪽 안동에 있는데 어쩌라고요?”

“혹시 포항 계속 가고 있어요?”

보라의 목소리는 무척이나 조심스러웠다. 의택은 잠시 생각하다 대답했다.

“말했잖아요, 그쪽이 걷어찬 데 보고 있다고. 운전하면서 볼 순 없잖아요. 주차해놓고 있어요. 솔직히 더 가래도 못 가요. 도대체 운전만 몇 시간을 한 건지. 것도 경차로 고속도로를. 어휴.”

“제가 그래서 운전을 안 하잖아요.”

“자랑입니까?”

보라는 또 뜸을 들이더니 말했다.

“안동은 포항보다는 가까워요.”

의택은 눈을 가늘게 떴다.

“그렇겠죠. 근데요?”

“여기 버스 터미널이에요… 저 좀 데리러 와주세요….”

응? 의택은 실소를 흘리다 아예 웃어버렸다. 어처구니가 없어도 뭐 이런….

“내가 잘 못 들었는데, 뭐요?”

“데리러 와달라구요!”

보라의 외침이 경차 안을 쿵쿵 울렸다. 의택은 인상을 쓰곤 차를 세웠다. 숨을 흡 들이마시고 되돌려줬다.

“내가 왜요!”

젠장, 폐활량 운동 더 열심히 하는 건데. 보라의 외침에 비하면 거의 속삭임이지 싶었다. 보라는 별 타격 없는지 평이한 어조로 말했다.

“서울 갈 돈이 없어요.”

아니, 이건 또 무슨 귀신 씻나락 까먹는 소리야? 서울? 웬 서울? 제2의 서울 부산을 잘못 말한 것이길 바랐지만 소용없는 일이었다. 포항과는 반대 방향인 안동으로 온 것도 이 이유였군그래. 보라가 말했다. 정말 억울한 듯이 말했다.

“나는 진짜 포항 같은 데까지 갈 줄은 몰랐고, 더더군다

나 그런 쪼끄만 차 타고 하루 종일 고속도로에서 고생할 거라고도 생각 못 했고, 마이크가 이렇게 불편한 사람인 줄도 몰랐고, 아무튼 간에 천안역에서 내 돈 찾을 방법을 찾을 수 있지 않을까 했고, 그래서 13,000원이면 다시 집까지 돌아갈 수 있을 줄 알았는데 이제 겨우 3,000원 남았으니 나는 이제 집에도 돌아갈 수가 없게 됐다고요!”

“아이고.”

의택은 탄식했다. 존이 대뜸 의택이 있는 천안으로 오겠다고 했을 때 알아봤어야 했다. 의택이 좌절과 절망의 늪에서 어떻게든 살기 위해 존이라는 썩은 동아줄을 무턱대고 물어버렸듯이, 보라도 졸지에 사기꾼이 돼 감방 가게 된 처지가 돼서 의택이라는 썩은 나뭇가지를 움켜쥔 거라는 것을. 그런 생각이 불개미 떼처럼 온몸을 뒤덮고 온 신경을 싹뚝싹뚝 잘라대는 기분이었다. 재활로 겨우 움직이게 된 팔마저 통제권에서 벗어나고 마는 무기력함에 의택은 천천히 머리를 뒤로 기대고 눈을 감았다.

“저기요? 내 말 듣고 있어요? 여보세요?”

“그래서 나더러 이번에는 서울까지 태워달라고요?”

“어… 꼭 그런 것까진 아니고… 천안역에 내려주시면

안동터미널, 미행

163

나머지는 어떻게든….”

“그럼 돈은요?” 의택이 말했다. “우리 돈은요?”

보라는 답하지 않았다. 그건 당연한 반응이었다. 이런 전개에서 저런 반응은 지극히 자연스러운 반응이었다. 하지만 그런 자연스러움을 얻고자 여기까지 온 것이 아니었다. 절대로. 의택은 눈을 뜨고, 다시 엑셀을 당겼다.

“나는 포항에 갈 거예요.”

“예? 나, 나는….”

“안동 이거 차도 거의 안 다니고, 차라리 포항에 가서 기차를 타든 택시를 타든 해요.”

“어… 그러네요. 차가 진짜 없어요. 꼭 보고 있는 것처럼 말하네요.”

의택은 아차 해서 말했다.

“안동은 와봤어요. 휠체어 팔러. 그럼 기다려요. 통화 종료!”

아 씨, 왜 거기서 그런 소릴 해. 의택은 다시 교차로에서 좌회전했다. 버스 터미널이 다시 앞에 위치했다. 시간을 확인해 아까 보라를 내려준 시간과 비교한 다음 거기서 적당히 줄인 시간을 떠올렸다. 이 근처에서 대충 20분 정도 돌다가

가면 될 것 같았다. 의택은 안동역 주변을 맴돌며 시계를 힐 끗댔다. 머릿속은 포항에 간 이후를 생각했는데 달리 말하면 아무것도 생각하지 않는 것과 같다고도 할 수 있었다.

포항역이 놈들의 생활 반경 안에 있다고 볼 수 있는 거다. 아주 최악의 경우, 보라가 인스타그램에 올린 사진 같은 걸 찍기 위해 잠깐 온 걸 수도 있지만 너무 작위적이다. 지금 은 그런 억지로 스스로를 고문할 여유가 조금도 없었다. 하 지만 놈들의 장비나 사무실이 포항에 있다 한들, 그걸 어떻 게 찾지? 의택은 환급 대행사와의 통화를 다시 반복 재생해 들으면서 머릿속으로는 그동안 봤던 범죄 스릴러 작품들을 떠올렸다. 그러다 실낱같은 가능성을 하나 발견했다. 너무 실낱같아서 별로 기쁘지 않은 발견이었지만 지금으로서는 그것도 감지덕지였다.

20분이 조금 못 돼서 버스 터미널 앞 택시 대열의 끝에 차를 세웠다. 비를 피해 버스 터미널 출입구 아래에 서 있던 인영은 보라가 맞았다. 경적 소리를 울리자 보라가 아침 때 처럼 화들짝 놀라서 고개를 쳐들었다. 다시 봐도 대체 저런 사람이 어쩌다가 의택의 돈까지 가로챘는지 알다가도 모르 겠어서 의택은 그냥 한숨을 쉬었다. 버튼을 쳐 조수석 문을 열자 보라가 냉큼 달려와 쏙 올라타 안전벨트를 맸다. 흙내를 훅 끼치는 보라는 한 시간도 안 되는 사이에 무슨 고생을 했는지 푹 늙어 보였고 그래서인지는 몰라도 오래된 자료 화면 속 귀신을 연상케 했다. 댁이나 나나 대체 뭘 하고 있는 건지. 의택은 차를 출발시켰다. 내비게이션은 경로를 재탐색해 낙동강 너머 영덕으로 안내했다. 그 후에는 동해안에 인접한 7번 국도를 타고 쭉 내려가는 거였다. 최소한 고속도로는 아니군. 의택은 괜히 말했다.

"고속도로는 이제 끝이네요."

또 비아냥처럼 들릴까 봐 의택은 나지막이 "고맙게도" 하고 덧붙였지만 말하고 보니 그것도 맥락이 좀 묘한 것 같다는 생각이 들었다. 하지만 정정은 하지 않았다. 그럴 에너지가 없었다.

"7번 국도 좋아요. 일단 바다가 바로 옆에 있고요. 주변엔 자그마한 펜션 건물들이 드문드문 있어서 경관에 오히려 도움이 되거든요."

"가봤어요?"

"네."

"어떻게요? 아니, 비꼬는 거 아니니까 차 좀 걷어차지 말고요. 궁금해서요. 나는 천안에 살고 차가 있어도 저쪽은 가볼 생각조차 못 했거든요.”

“알바…하느라….”

“알바요? 무슨 알바?”

“외국인 관광객 인솔….”

“오, 외국어 하시나 봐요.”

“알려줘요, 이건 어디에 좋은데 5만 원, 저거는 또 어디에 좋은데 10만 원.”

“아… 그렇구나….”

의택은 말문을 굳게 닫고 외국인들에게 강매를 하는 보라를 떠올렸다. 매칭이 되지 않는 것 같으면서도 묘하게 어울릴 것도 같은 이상한 이미지였다. 좀 웃기기도 했다, 상황이.

“마이크는 휠체어 판다고 했던가요?”

“저요? 아, 네. 원래 정비 쪽 일 하다가 사고당하고 이렇게 됐는데 이놈이 뻑 하면 말썽이더라구요. 정작 이거 판 업체에서는 도통 말귀도 못 알아듣고. 그 사람들은 관점이 완전히 달라요. 아니, 내가… 완전히 달라졌다고 해야 하나…. 암튼, 답답해서 상지 멀쩡한 친구 데려다가 가르쳐가면서 수리 시작했어요. 그런데 그런 니즈가 알고 보니 주변에 널려 있더라고요. 소름 끼칠 만큼. 이 사람 고쳐주고 저 사람 고쳐주고, 이 사람 휠체어 수거하고 저 사람 휠체어 수거하고 하다 보니 자연스럽게 이렇게 됐네요.”

“수거를 많이 해요?”

“뭐, 더 탈 일이 없어지니깐. 조종을 못 하게 되든, 앉아 있기도 어렵게 되든, 아니면 완전히 편안해지게 되든. 그렇다고 그런 경우만 있는 건 아니고, 새 휠체어 사면 타던 거 처분하는 거죠, 뭐.”

불필요한 말을 너무 많이 했다는 생각에 의택은 아까 발견한 실낱같은 발견에 대해 운을 띄웠다.

“포항역에서 내릴 거죠?”

“어… 그래야겠죠?”

의택은 입맛을 다셨다.

“아까 혼자서 역사… 아니… 그… 역… 그 뭐냐….”

“역?”

“아니, 아까 그쪽 내려준 그 역 같은 데. 버스 정류장요. 거기서 생각을 해봤거든요. 포항 가고 나서 뭘 어쩔 건지. 들어볼래요?”

보라가 말했다.

“근데 아무리 생각해도 아닌 것 같아요.”

“뭐가요?”

“포항 가는 거요. 겨우 포항 갔는데 그 인간 다시 서울 갔으면 어떡해요?”

의택은 입을 앙다물었다.

“포항에 있다고 쳐도, 포항역에서 기다릴 거예요? 누군 줄 알고, 언제까지요?”

“아픈 데 찌르진 마시고요. 뭐, 일단 대행사한텐 연락할 구실이 있잖아요. 통화해서 대화하면서 포항역에서 찾아낼 수 있지 않을까 하는 거죠.”

보라의 표정은 떨떠름했는데 처음 이 생각을 떠올리고 의택이 지었던 것과 정확히 똑같았다. 7번 국도로 떨어지기까지는 아직도 30분이 남았고, 의택은 하나 더 이야기했다.

“또 있어요.”

“보기보다 집요하네요.”

“이보세요, 그쪽이 할 소립니까?”

보라는 시선을 피했다.

안동터미널, 미행

169

"그 새… 그 인간 포항 지진 얘기했어요. 그거 뻥 아닐 거예요. 진짜로 피해자들 상대로 똑같은 짓 했을 거라고요."

"개쌍놈의 새끼들."

의택은 움찔했다.

"이것도 내 생각이기는 하지만요, 요즘 산불 피해가 끊이질 않잖아요. 포항에서도 그 새끼들이 또 활동하지 않는다는 보장 있을까요? 만약 자원 봉사단 틈새에서 법률 자문 같은 걸 하고 있다면?"

보라의 눈빛에 다시 예의 그 광기가 비쳐서 의택은 또 움찔했다.

"그러니까… 포항 인근 산불 발생 지역들 좀 돌아보는 것도 괜찮겠다 싶었다, 이거죠."

목이 타서 마른기침을 하는데 보라가 말했다.

"그럼 집에는 언제 돌아가죠."

그 말을 하는 보라의 두 눈은 어느새 초점이 다 풀려서 동태 눈깔 같았다.

"집에요…."

의택은 입을 닫았다. 다행히 적막에 구실이 돼줄 만한 것이 눈앞에 모습을 드러냈다. 7번 국도임을 알리는 표지판

너머로 불길하리만큼 드넓은 바다가 안 그래도 말문을 막아
주었기에 의택은 감사히 엑셀을 당겼다. 이제 정말 머지않
았다.

경로를 재탐색합니다

바다는 새파란 띠처럼 지평선을 감싸며 이어졌다. 바다의 생생한 파란빛과 하늘의 부드러운 연한 파란색이 솔기처럼 이어지는 곳에 구름 조각이 조금 흩어져 있었다.

구름 조각이 점차 구름 덩어리로 변하더니 또 비가 내리기 시작했다. 구름 사이사이로 햇살이 비치는데도 비가 내렸다. 기묘한 광경이었다.

비가 와도 바다는 아름다웠다. 돈에 대해서, 현실에 대해서, 포항에 왜 가고 있는지에 대해서, 모든 것을 잠깐이지만 잊고 그 파란색을 넋 놓고 바라보게 할 정도로 아름다웠다. 그것은 짙고 강한 아름다움이었다.

길가에 늘어선 대게 조형물들도 그 나름대로 상당히 강렬했다. 녹색 게가 대나무 마디 비슷한 꼬치 같은 것에 여러 겹으로 꽂힌 채 세로로 서 있는 조형물이 있었다. 새빨간 게가 둥근 모양으로 형상화된 집게를 귀엽게 활짝 펼친 광고판은 너무 많아서 뭘 광고하는 어떤 상점인지 구분하기도 쉽지 않았다. 게 직판장("즉석에서 게 삶아 드립니다"), 대게 전문 식당, 홍게탕 전문, 꽃게 택배 전국 배송. '대게빵'이라는 식품이 세상에 존재한다는 놀라운 사실을 길쭉하고 빨간 공기 인형이 집게발을 위로 뻗은 채 도로를 지나가는 모든 사람에게 알리고 있었다. 공기를 가득 채운 인형의 통통한 몸통이 길고 빨간색이라 게라기보다 가재 같다고 보라는 생각했다.

가장 충격적인 것은 삼각 돛을 활짝 펼친 배를 게들이 습격하는 조형물이었다. 돛단배도 게들도 전부 은색이라 멀리서 보면 유별나게 울퉁불퉁해 보이는 돛을 단 좀 특이한 배로 여겨졌다. 가까이서 보니 그 울퉁불퉁한 것이 전부 게였다. 이 조형물도 역시 대게 전문 식당 앞에 세워져 있었다. 게로 뒤덮인 배 조형물 너머 식당 간판이 눈에 들어오자 보라는 이 괴상한 조형물이 아마 풍어(豐魚)나 만선(滿船)을 비는 의미인 것 같다고 그제야 짐작할 수 있었다. 식당 간판이 없었다면 돛단배는 영락없이 떼 지어 공격하는 게 괴물들에게 붙잡혀 침몰하는 파멸과 종말의 상징이었다.

보라는 오싹해졌다. 의택의 조그만 차 조수석에서 한껏 고개를 돌려 차 뒷유리창 너머로 멀어지는 그 돛단배와 게 조형물을 한참 동안 바라보았다. 은색 게 괴물들의 집게발이 돛의 뒷면까지 움켜잡고 있었다. 침몰하는 자신의 처지 같다고 보라는 문득 생각했다.

식당이 즐비한 바다 쪽 도로 건너편, 산과 내륙 쪽 도로에는 가끔씩 버스 정류장이 눈에 띄었다. 버스 정류장도 양 옆면이 게 집게발처럼 생긴 빨간 조형물에 감싸여 있었다. 버스 정류장이 도로 한쪽에만 있을 리는 없지만 바다 쪽은 광고판과 조형물이 너무 많아서 자세히 보지 않으면 버스 정류장과 게 광고판을 구분할 수가 없었다.

빈말로도 아름답다고는 할 수 없었지만 주의를 분산시키기에는 충분했다. 두 사람이 지금 사기꾼 일당에게 뺏긴 돈을, 혹은 그 돈을 되찾을 기회를 찾기 위해서 포항에 가는 게 아니라 관광하러 가는 길이었다면 그런 괴이한 조형물도 충분히 즐길 수 있었을지도 모른다. 지금 7번 국도와 식당과 해변과 관광지 저 너머에 이어진 아름다운 새파란 띠를 바라보는데 이런저런 게 조형물이 자꾸만 튀어나와 그 전망을 막아서는 것이 보라는 조금 짜증이 났다. 게를 볼 때마다 이제는 매 순간 침몰을 향해 달려가고 있다는 생각이 점점 강해졌다. 이게 다 그 돛단배를 습격하는 게 조형물 때문이었다. 불안감이 크고 날카로운 집게발을 달고 떼 지어 마음속을 덮쳤다. 보라는 하늘과 이어지는 세상 끝의 새파란 띠에만 집중하려 애썼다.

그러나 포항을 향해 내려가는 7번 국도 남쪽 방향에서 바다는 의택이 앉아 있는 운전석 창문 쪽에 이어지고 있었다. 그 찬란하고 청량한 파란 띠를 보기 위해서 보라는 어쩔 수 없이 의택의 옆얼굴에 시선이 향할 수밖에 없었다. 그래서 보라는 고개를 돌렸다. 차라리 빨간 집게를 일률적으로 펼친, 다 똑같이 생긴 대게 식당 광고판과 꼬치에 꽂힌 게 조형물과 양옆에 집게발이 튀어나온 버스 정류장 등으로 어수선한 내륙 쪽 거리를 보고 있는 편이 덜 괴로웠다.

"또 빨간불이야…"

의택이 차를 세우며 중얼거렸다.

국도는 자동차와 버스로 가득했다. 게다가 웬만한 건물만큼 커다란 대형 트럭들이 차량 사이를 누비고 다녔다. 내륙 쪽 거리 주유소에서 천천히 고개를 돌려 나온 화물 트럭이 관광버스와 승용차 사이로 아무렇지 않게 들어섰다. 의택과 보라를 태운 주먹만 한 경차 정도는 그대로 깔고 지나갈 수 있을 법한 거대한 트럭이었다. 보라는 자신도 모르게 긴장해서 좁은 좌석 안에서 할 수 있는 한 뒤로 물러나려 했다. 의택도 긴장한 기색이 역력했다. 그러나 화물 트럭은 익숙하게 너무 좁아 보이는 차들 사이의 공간을 지나 2차로에서 1차로로 끼어들었다. 그리고 조그만 물고기 떼 사이를 헤엄치는 거대한 고래처럼 익숙하게 차량의 물결 속에서 다른 차들을 앞질러 천천히 사라져버렸다.

그 한 대만이 아니었다. 사람 키만 한 바퀴가 열몇 개씩 달린 트레일러 트럭부터 짐을 잔뜩 실은 덤프트럭, 액체 탱크를 짊어진 위험물 운반 트럭과 유조차, 반짝반짝 빛나는 새 차들을 2층으로 겹쳐 실은 탁송 트럭 들이 국도를 채우고 느리지만 쉬지 않고 앞으로 나아가고 있었다. 어떤 트럭은 보라가 서울 도심에서는 한 번도 본 기억조차 없는 독특한 모습이었다. 내륙 쪽 거리를 천천히 훑으면서 보라는 도로 표지판에서 '산업단지'라는 단어를 언뜻 포착했다. 아주 오래전 학창 시절에 지리부도 같은 데서 보았던 단어였다. 그렇다. 포항에는 바다가 있고, 게가 있다. 포항제철이 있고, 산업단지가 있다.

그중 어떤 것도 보라와는 상관이 없었다. 보라가 찾는 사람이나 의택이 되찾으려는 것이 포항의 바다나 산업단지에 있으리라고는 전혀 확신할 수 없었다.

보라를 태운 차가 다가가는 사이에 도로 표지판 옆에 걸린 신호등이 빨간불로 변했다. 느릿느릿 전진하던 차들이 제각각 느릿느릿 멈추었다. 보라는 주유소와 도로 표지판과 주유소 앞에 늘어선 화물차를 관찰했다. 한참이 지나도 신호는 바뀌지 않았다. 차가 멈추어 있으니 내륙 쪽 어수선한 거리에는 더 이상 볼 만한 것이 없었다.

검은 형체가 있었다.

보라는 눈을 크게 떴다. 버스 정류장과 식당 입간판 사이에 발이 없는 검은 형체가 서 있었다. 선 채로 차가 움직이는 속도에 맞추어 공중에 유영하듯 부드럽게 움직였다.

보라는 검은 형체에 빨려 들어가듯 눈길이 고정되어 움직일 수 없었다.

검은 형체가 천천히 손을 들었다. 보라의 머리 위를 가리켰다.

7번 국도, 경로를 재탐색합니다

보라는 눈을 질끈 감았다. 보고 싶지 않았다. 침몰하는 배. 배에 기어오르는 거대한 게들. 파멸과 종말. 그리고 검은 형체.

차가 갑자기 멈추었기 때문에 보라는 흠칫 눈을 떴다. 검은 형체는 여전히 보라의 머리 위, 차로 반대편을 가리키고 있었다.

보라는 마지못해 고개를 돌렸다.

옆 차 조수석에 '개발자'가 앉아 있었다. 그때와 마찬가지로 넥타이 없는 와이셔츠를 입었다. 소매를 걷어붙여 드러난 팔뚝을 열린 조수석 창문 밖으로 느긋하게 늘어뜨리고 있었다.

보라는 말을 할 수 없었다. 숨도 쉴 수 없었다.

"저, 저…."

보라가 끙끙거렸다.

의택은 반응하지 않았다. 보라는 손을 들어 가리키려고 했다. '개발자'는 보라의 시점에서 의택의 얼굴 왼쪽 창문 너머로 옆모습밖에 보이지 않았다. 보라는 '개발자'의 이름을 알지 못했다. 몇 달 전에 단 한 번 보았던 사람이니 사실 그 사람이 그가 맞는지도 확신할 수 없었다.

"저…."

보라가 다시 웅얼거렸다.

신호등이 녹색으로 바뀌었다. 1차로에 정차해 있던 차들이 먼저 움직이기 시작했다. 의택이 운전하는 경차 앞에는 어느새 덤프트럭이 들어와 있었다.

"저…."

보라의 입안에서 단어가 형성되어 목소리를 타고 밖으로 나오기 전에 1차로에서 의택의 얼굴 옆에 서 있던 차가 '개발자'를 태운 채로 출발했다.

"따라가요."

보라가 외쳤다.

"뭘…."

의택이 놀라서 되물으려 했다. 보라가 그 말을 막고 다시 외쳤다.

"저거 따라가요!"

"저거가 뭔데요!"

의택이 지지 않고 맞받았다.

"그리고 차가 이렇게 막히는데 무슨 수로 따라가요!"

"그렇지만 저기…!"

7번 국도, 경로를 재탐색합니다

179

보라가 손가락을 휘두르며 외치는 사이에 '개발자'를 조수석에 태운 차량은 느긋하게 앞으로 전진했다. 반면 의택의 경차 앞에 버티고 선 덤프트럭은 좀처럼 움직이지 않았다. 덤프트럭이 너무 커서 그 앞으로 스르륵 사라져버린 '개발자'의 차는 곧 보이지 않게 되었다.

1차로의 차들은 물이 흐르듯 '개발자'를 태운 차량의 뒤를 좇아 빠르지는 않아도 막힘없이 굴러갔다. 반면 의택의 차는 덤프트럭 뒤에서 좀처럼 움직이지 못했다. 덤프트럭은 조금 가다가 멈추어 서고, 또 조금 더 가다가 다시 멈추어 서곤 했다. 의택의 경차가 너무 작고 덤프트럭이 너무 커서 그 앞에서 무슨 일이 일어나기에 2차로가 이렇게까지 막히는지 볼 수도 없었다.

보라는 덤프트럭 꽁무니를 바라보았다. 짐칸 뒤편에 눈알 모양의 스티커가 두 개 붙어 있었다. 스티커 속 동그란 눈동자가 놀란 듯이 보라를 바라보았다. 제법 눈썹까지 두 오라기나 길게 뻗은 귀여운 모습이었다. 보라는 웃을 수도 울 수도 없었다.

"개발자…."

보라가 1차로에서 흘러가는 차들을 바라보며 간신히

목소리를 짜냈다.

"아까 그 차에 개발자가 타고 있었어요."

"무슨 개발자요?"

의택이 여전히 전방을 열심히 주시하면서 물었다.

"내 폰에 월렛 프로그램 설치해준 사람… 분양 설계사가 소개해준 사람이에요."

덤프트럭 눈동자 스티커 아래쪽 양옆의 빨간 브레이크등이 꺼졌다. 덤프트럭이 움직이기 시작했다. 그리고 조금씩 속도를 냈다.

"분양 설계사가 소개해줬다고요?"

의택이 갑자기 물었다. 보라가 대답하려 했을 때 뒤에서 시끄러운 경적 소리가 터져 나왔다.

의택이 1차로에 끼어들었기 때문이었다. 신호등 아래를 천천히 지나 교차로를 넘어서 의택은 느긋하게 속도를 내다가 1차로를 달리는 봉고차와 관광버스 사이 틈바구니로 얼른 앞바퀴를 밀어 넣었다. 봉고차가 신경질적으로 경적을 울려댔다. 의택은 비상등 스위치를 눌러 몇 번 깜빡이고는 다시 껐다.

"차선 좀 바꾸게 해주지… 거 되게 빵빵거리네."

7번 국도, 경로를 재탐색합니다

의택은 중얼거렸다. 그리고 다시 물었다.

"그 사람 확실해요?"

"네… 몰라요."

보라가 어물거렸다.

"확실하다는 거예요, 모른다는 거예요?"

의택이 다시 물었다. 무표정하게 전방만 바라보며 건조하게 되물어서 의택의 기분은 알 수 없었다.

"확실한 것 같아요."

보라는 불확실하게 대답했다. 의택이 다시 묻기 전에 재빨리 덧붙였다.

"옆얼굴만 잠깐 보여서 잘 모르겠어요. 그러니까 제가 쫓아가라고 했잖아요."

"추격전을 하자고요? 길이 이렇게 막히는데? 이런 손톱만 한 경차로?"

의택이 어처구니없다는 듯 너털웃음을 지었다.

"그럼 어떻게 해요?"

보라는 전혀 웃을 수 없었다.

신호가 다시 빨간색으로 바뀌었다. 의택이 조심스럽게 차의 속도를 줄였다. 1차로에서 의택의 경차는 이제 평범한 중형 승용차 뒤에 서 있었다. 그 앞에는 관광버스가 육중하게 가로막아 신호등 앞의 상황이 어떤지는 알 수 없었다.

"분양 설계사도 만난 적 있어요?"

의택이 중형 승용차와 관광버스 뒷부분의 빨갛게 켜진 브레이크등을 가만히 바라보다가 갑자기 물었다.

"네? 아, 아뇨…."

보라가 더듬거리며 대답했다.

"설계사하고는 주로 문자로만 얘기했어요…. 보안이 잘 되는 메신저 깔라고 해서 그거 깔고, 처음에는 SNS에서 메시지 주고받다가…."

시간 순서가 아니라 기억나는 대로 보라는 횡설수설 대답했다.

"그런데 개발자는 만났단 말이죠?"

의택이 다시 물었다.

"네에… 제가… 그, 암호화폐… 월렛… 안 깔린다고, 어떻게 해야 할지 모른다고 하니까…."

"…그 자식이 깔아줬어요?"

보라가 더듬거리다가 중간에 어물어물 말을 끊자 의택이 문장 뒷부분을 완성했다. 보라는 고개를 끄덕였다.

7번 국도, 경로를 재탐색합니다

183

"어떻게 깔아줬어요? 링크 같은 거 보냈어요?"

의택이 다시 물었다. 보라는 고개를 저었다.

"아뇨, 그냥 만나서… 커피숍에서… 그 사람… '개발자' 한테 전화기 주고…."

"전화기를 줬다고요?"

의택은 조금 실망한 것 같았다.

"왜요? 전화기 주면 안 돼요?"

보라가 물었다. 묻고 나서 생각해보니 당연히 주면 안 될 일이었다. 전화기를 모르는 사람에게 함부로 건네주고 좋은 결과를 바랄 수 없다는 건 현대 사회의 상식이다. 자신의 멍청함을 증명하는 질문이라는 사실을 뒤늦게 깨달았지만 이미 내뱉은 질문을 도로 주워 담을 수는 없었다.

"링크를 받았으면 그 자식 전화번호가 남았을 거니까…."

의택이 말하는 순간 뒤쪽에서 다시 큰 소리로 경적이 울렸다.

"나 참, 인간들 운전 한번 시끄럽게도 한다…."

의택이 투덜거렸다. 그리고 앞서 가는 중형 승용차의 뒤를 따라 느릿느릿 조심스럽게 좌회전을 하기 시작했다.

보라는 영문을 알 수 없었다. 포항역으로 가려면 지금 가는 이 길을 쭉 따라 앞으로 계속 가면 된다고 내비게이션 화면에 나와 있었다. 그러나 의택이 뭔가 발견했기 때문에 갑자기 좌회전을 하는 것일 수도 있었다. 보라가 따라잡으려 했던, '개발자'를 태운 차를 운 좋게 다시 발견한 것일 수도 있었다. 보라는 난데없이, 아무 근거도 없이 솟아난 희망을 꽉 붙들었다.

희망은 오래가지 않았다.

"경로 수정. 영일만."

의택이 내비게이션 화면에 대고 말했다. 화면에 '영일대 해수욕장', '영일대 해상누각', '영일만항', '영일만 울릉크루즈 선착장' 등 여러 가지 선택지가 떠올랐다. 의택이 다시 내비게이션에 대고 말했다.

"경로 수정. 영일만항."

—경로를 재탐색합니다.

내비게이션이 띵딩, 하고 알림 음을 내더니 의택의 명령을 고분고분 복창했다.

—영일만대로로, 안내합니다.

"왜 영일만으로 가요?"

7번 국도, 경로를 재탐색합니다

보라가 점점 더 어리둥절해져서 물었다.

'영일만'이라는 이름에 보라는 신경을 곤두세우지 않을 수 없었다. 영일만 앞바다에 석유 시추공이 있다. 자신이 분양받기로 했던 그 시추공이다. 물론 이제는 사기라는 걸 알고 있다. 대한민국 영해에서 석유가 나온다는 얘기도 거짓말이고 멀쩡한 땅을 파서 없는 석유를 찾아내겠다는 것도 사기극이다.

그러나 보라는 영일만에 가본 적이 없었다. 동해안이라는 것만 알고 있을 뿐 정확히 어디 있는지도 잘 몰랐다. 시추공이 남아 있을지도 모른다고 보라는 생각했다. 석유는 안 나오더라도 구멍이라도 남아 있을지 모른다. 자신과 투자자들의 돈과 그 돈을 벌기 위해 바쳤던 시간과 노력과 삶의 모든 것을 빨아들인 새까만 구멍이 푸른 동해 바다 한가운데에 뻥 뚫려 있을지도 모른다. 바닷속의 구멍이란 어떤 모습일까. 소용돌이처럼 안으로 물이 빨려 들어가고 있을까. 아니면 공기 거품만 부글부글 솟아오르고 있을까.

"시추공 보러 가는 거예요?"

보라가 다시 물었다.

의택은 대답 대신 내비게이션의 안내에 맞추어 방향을

틀었다. 2차로로 들어서려 했지만 길 오른쪽에는 차들이 줄지어 서 있었다. 신호를 기다리는 것이 아니라 2차로가 마치 주차장인 양 점령하고 차를 세워놓은 것이다.

“뭐 불법 주차를 이렇게 당당하게 해놨어…”

의택이 투덜거렸다. 그리고 천천히 부드럽게 1차로에 접어들었다. 이쪽 길에는 2차로에 세워둔 차만 많을 뿐 달리는 차는 국도에 비해 현저히 적었다. 의택은 속도를 내었다.

“왼쪽 차선이 좌회전 전용이었는데 잘못 들어갔어요. 직진하려고 하니까 뒤 차들이 빵빵거리고 난리가 났잖아요.”

그러니까 단순히 길을 잘못 들었을 뿐이다.

“시추공 보러 가는 건 아니고요?”

보라가 다짐하듯 다시 물었다.

“시추공이 어디 있어요, 그거 다 사기인데…”

의택이 중얼거리듯이 내뱉었다.

‘다 사기’라는 말에 보라는 아무 대답도 하지 않았다. 할 수 없었다.

추격

"뭔 놈의 차가 이렇게 많아!"

의택은 핸들을 쾅 내리쳤다. 힘이 들어가지 않아 결국 탁, 하는 가벼운 소리가 날 뿐이었지만 좀 시원하긴 했다. 그런데 보라가 흠칫 놀라는 게 보여서 의택은 헛기침을 했다.

"그냥 기분 좀 풀까 했어요. 운전하면 원래 사람이 이렇게 돼요."

보라는 안전벨트를 동아줄 붙들듯 꼭 끌어안고 앞만 주시했다. 바로 앞에는 익살맞은 눈동자로 뒤를 쏘아보는 대형 트럭이 전조등과 브레이크등까지 가세해 의택의 경차를 윽박지르고 있었다. 의택은 어떻게든 고개를 창문 가까이 해

트럭 너머를 보려 했지만 소용 없었다.

"그쪽은 뭐 안 보여요? 창문 열고 한번 봐봐요."

의택이 보조석 창문을 내렸지만 보라는 고작해야 의택이 했던 것보다 조금 더 내밀 뿐이었다.

"아, 좀 쭉 내밀어봐요."

"무섭다고요!"

보라가 광기 어린 눈으로 의택을 쏘아봤다. 아니, 무서운 건 그쪽이거든요? 의택은 입을 앙다물고 포기했다. 둘 다 예민해질 대로 예민해진 상태에서 불필요한 대화는 삼가는 게 서로를 위해 좋았다. 7번 국도에서의 짧지 않은 평화는 웬 사기꾼 새끼의 등장으로 인해 박살이 나버렸다. 진짜 잡히기만 해라. 150킬로그램짜리 휠체어로 아작을 내버릴 테니까. 의택은 이를 갈며 앞 트럭과 눈싸움을 하다가 트럭이 움직이기 시작하자마자 무턱대고 차선을 꺾어버렸다. 경차이기에 유리한 점이 있다면 오토바이 다음으로 야비해질 수 있다는 거였다. 옆에서 멍 때리고 있던 다른 트럭 운전자가 놀라서 경적을 빵 울렸고 그 소리가 말 그대로 차를 흔들었다. 의택은 습관적으로 깜빡이를 켜 사과했지만 지금 상황에 그게 다 무슨 의민가 싶었다.

포항역, 추격

189

다행히 이쪽은 그나마 상황이 좀 나았다. 봉고차 너머를 살폈지만 사실 의택은 그놈에 대해 아는 바가 없었다. 무슨 차를 타고 있는지도 몰랐다. 그에 대해 물으려고 입을 연 의택은 아까 일이 떠올라 망설였는데, 그와 동시에 의구심이 피어올랐다.

보라가 정말 그놈을 봤을까? 프로그램을 직접 설치해 줬다면 분명 얼굴을 보긴 했을 것이다. 하지만 그놈을 서울에서 만났다고 하지 않았나? 서울에서 작업하는 인간이 포항에? 그것도 영일만항? 여기 뭐가 있는데? 의택은 머리 위로 지나가는 표지판을 보고는 내비게이션을 확대시켰다. 터미널? 영일항만에는 컨테이너 화물을 실어 나르는 터미널이 있었고 또한 크루즈 터미널도 있었다.

"이 새끼 해외로 튀는 건가?"

의택은 무심코 말하고는 보라의 눈치를 살폈다. 보라는 내비게이션을 주시할 뿐이었다. 말이 나온 김에 물었다.

"그 인간 뭐 탔어요?"

보라는 심각한 얼굴로 생각했다. 입을 몇 차례 오물거렸지만 결국 나온 말은 잘 모르겠어요, 였다. 그 짧은 말 한마디가 너무나 고통스럽게 나왔고 표정도 죽상인 걸 보니 자책하는 듯했다. 의택은 앞을 주시하고 있다가 말했다.

"뭐, 상황이 상황이니까. 나라도 차종까지는 못 봤을 거예요."

보라는 그래도 상처 입은 짐승 꼴이었다.

"내비 보니까 여기서 더 갈 데도 없어요. 나처럼 잘못 빠진 거라 유턴할 게 아니면 앞 어딘가에 있겠죠."

영 찜찜한 뒷맛을 애써 삼키며 의택은 마지막 남은 집중력을 발휘해 죽음의 새치기를 감행했다. 왕복 4차선 길은 점점 한산해졌고 언젠가부터는 뭔가 다른 세상의 느낌도 나기 시작했다. 의택은 창문을 열어 바람을 맞았다. 짭조름한 맛이 빗물에 섞여 의택의 혀를 자극했다. 7번 국도를 타고 점차 내륙으로 들어서면서 나지 않았던 바다 냄새가 지금 다시 활어처럼 살아났다. 의택은 괜히 긴장이 돼서 속도를 줄였다. 저 멀리 파란색 표지판이 갈림길 앞에 서 있었다.

왼쪽은 컨테이너 부두와 여객선 터미널, 오른쪽은 일반 부두와 여객선 선착장이었다. 선착장이라는 말에 오른쪽으로 꺾을까 했지만 일단 터미널로 가보기로 했다. 어쨌든 티켓팅은 해야 할 테니까.

이제는 완전히 텅 빈 도로와 납작한 터미널 건물이 주

포항역, 추격

191

변을 감쌌고 그 끝에 포항국제컨테이너터미널 게이트가 나타났다. 의택이 서서히 접근하자 잠시 후 안쪽에서 제복 차림의 남자가 천천히 걸어 나왔다. 그는 난데없이 출현한 경차가 유니콘이라도 되는 양 쳐다봤다. 그래, 이상할 법도 하지. 의택이 창문을 열고 인사했다.

"들어갈 수 있나요?"

남자는 의택의 구석구석을 눈으로 훑었다. 당연한 전개였지만 피곤해서 그런가 오랜만에 짜증이 밀려왔다. 의택은 애써 미소 지었다.

"여기 크루즈 터미널 입구 아닙니까?"

남자가 차 천장에 팔을 얹고는 기대섰다.

"맞긴 한데."

의택은 부글부글 끓는 것을 느꼈다.

"들어갈 수 있어요?"

"지금 비 오는 거 안 보여요? 여객선 운항 안 해요."

의택은 어떤 불길함을 감지하고 물었다.

"반대쪽 선착장도 못 들어가는 거죠?"

"그렇죠. 근데 이 시각에 무슨 일로…"

의택은 차를 후진시켰다. 남자가 균형을 잃고 휘청이더

니 욕을 했다.

"어이쿠, 그러게 왜 팔을 얹고 있어요?"

의택은 창문을 닫고 급하게 유턴해 빠져나왔다. 설마 했는데 정말 그놈도 단순히 길을 잘못 들어선 걸까? 뭐, 그것도 그 사기꾼이 정말로 포항에 있다는 가정하에서지만. 의택은 내비게이션을 포항역으로 설정했다.

"아무래도 나처럼 잘못 빠진 것 같죠?"

보라는 말이 없었다. 실망해서? 아니면 역시나 자책감? 의택은 그냥 운전에 집중하기로 했다. 괜히 말 걸어봐야 보라한테도 좋지 않을 게 뻔했다. 사람은 가끔은 그냥 내버려 두는 게 당사자한테도 좋다는 걸 의택은 당사자 입장에서 필요 이상 겪어왔다. 괜찮다, 잘될 거다, 이거 해봐라, 저건 어떠냐 같은 말들이 얼마나 흉기처럼 느껴질 수 있는지는 그리 많은 사람이 알지는 못하는 듯했다.

애써 달려온 길을 거슬러 올라가 다시 내륙으로 향하자 주변은 마법처럼 일상적인 느낌으로 되돌아갔다. 눈알 달린 트럭 대신 평범한 자가용들이 이리저리 오갔다. 가로수와 인도, 아파트 단지가 펼쳐졌고 드디어 도달했다는 느낌이 근력을 풀리게 했다. 의택은 안간힘을 써 마비된 두 손을 움직였다.

포항역로를 지나자 끝없는 택시 행렬이 보였다. 천안역의 택시 행렬은 이곳에 비하면 애들 장난이지 싶었다. 의택은 승용차 전용 도로를 따라 주차장으로 들어섰고 역사를 마주한 파란색 장애인 주차장에 차를 멈추었다.

왔네. 진짜로.

의택은 그냥 이대로 기대 기절하고 싶었지만 한편으로는 묘한 성취감에 웃음이 나오려고 했다. 마음 같아서는 보라에게 왔다고 소리치며 그 기분을 나누고 싶었지만 그럴 때는 사실 아니었고, 무엇보다 보라의 상태가 많이 안 좋아 보였다. 보라는 정말로 서울로 돌아가버릴 건가? 하긴, 결국 오긴 했음에도 이제부터 무엇을 어떻게 해야 할지는 의택도 막막하기 짝이 없었다. 그래도 왔으니 일단 내릴까 싶어 트렁크 문을 열었다. 문이 열리는 동안 보라한테 말했다.

"솔직히 말할게요."

보라가 의택을 쳐다봤다.

"뭘 해야 할지 모르겠어요. 일단 좀 여기서 벗어나고 싶기도 하고… 서울로 갈 거죠? 내려요. 일단 내려요, 우리."

보라는 차에서 내렸다. 트렁크를 통해 차에서 내린 의택은 맨눈으로 포항역 역사 건물을 보고 입을 다물지 못했다. KTX 역임을 감안하더라도 포항역은 엄청났다. 유리의 비중이 높아 훤히 들여다보이는 내부는 드라마에서나 볼 법한 공항을 연상시켰다. 20년째 임시 역사로만 존재하는 천안역은 포항역에 비하면 역도 아니었다. 의택은 지금이 그럴 상황이 아님에도 포항역의 공학적인 미를 감상하며 잠시나마 힐링할 수 있었다.

택시 승강장을 지나자 2층으로 올라가는 에스컬레이터가 의택을 막아섰다. 엘리베이터는 더 안쪽에 있었다.

"먼저 올라갈래요, 아님…?"

보라는 끈 떨어진 종이 인형처럼 에스컬레이터에 올랐다. 의택은 엘리베이터 쪽으로 갔다. 역사 엘리베이터가 좁고 느려터지기는 매한가지여서 의택은 한참 만에 2층에 도착했다. 의택은 잠시 새 세상에 넋이 나갔다가 뒤늦게 보라를 찾아 대합실을 돌아다니기 시작했다. 곧 있으면 퇴근 시간대라 그런지 사람들이 너무 많았다. 혹시라도 사람들이랑 부딪치지 않으려고 요리조리 피해서 달리던 의택은 개찰구 앞쪽에서 보라를 발견했다. 보라는 멍한 얼굴로 위쪽을 올려다보고 있었다. 열차 시간표와 가격표였다. 의택은 아차 싶었고 보라한테 다가가 외쳤다.

"차비 없죠!"

보라가 의택을 보긴 했지만 들리진 않은 모양이었다. 의택은 존재 자체가 의심스러운 복부에 힘을 준다고 상상하며 외쳤다.

"돈! 있어요!"

보라가 어쩔 줄 몰라 하는 얼굴로 "아니요!" 하고 외쳤다.

"내가! 살게요! 서울역! 어디!"

말이 길어지자 의미 전달은 그에 반비례해서 형편없이 떨어졌다. 의택은 안 되겠어서 보라한테 턱짓과 눈짓을 해 밖으로 유도했다. 1층에서 에스컬레이터를 통해 올려다보이던 발코니까지 가자 그나마 대화 정도는 가능할 것 같았다. 의택은 휴, 하고 웃어 보이며 말했다.

"내가 살게요. 서울 어디로 가요?"

보라는 조금 망설이더니 말했다.

"나더러 차비까지 뜯어내라고요?"

의택은 좀 어이가 없어서 대꾸했다.

"아니, 마음은 알겠는데요, 그럼 어쩌려구요?"

보라는 눈알을 이리저리 굴리더니 한숨을 푹 내쉬었다. 생각한다고 답이 나올 만한 상황이 아니긴 했다.

"그냥 가요."

"마이크는요?"

의택은 그 이름이 좀 황당해서 저도 모르게 코웃음 쳤다.

"나는… 주변에 수상쩍은 사무실 같은 거 있나 찾아볼게요."

"그리고요."

의택은 아, 하고는 말문이 막혔다.

"나도 몰라요. 뭐, 여까지 온 김에 장애인 숙박 되는 숙소 알아보든가. 아, 그건 됐고, 갈 거예요, 말 거예요?"

"가요…."

왜 없는 기운을 자꾸 빼. 의택은 쥐어짜듯 물었다.

"어디로."

"서울역…."

"잠깐만 있어요."

휠체어를 움직이려고 하는데 안내 방송이 나오기 시작했다. 시끄러워서 자세히는 들리지 않았다. 언뜻 안전 주의 같은 단어들을 들은 것도 같았지만 확실하지 않았다. 의택은 보라를 향해 물었다.

"뭐래요!"

"무슨 집회 같은 거 하나 봐요. 휘말리지 않게 조심하라고…."

그때였다. 확성기 하울링 소리가 아주 멀리서 들려왔다. 주차장 쪽이어서 의택과 보라는 발코니 난간 너머로 돌아섰다. 주차장 왼편에서 한 무리의 사람들이 모여 있는 게 보였다. 한눈에 확 띄는 형광색 팻말과 현수막도 보였다. 태극기와 성조기의 우스꽝스러운 조합도 눈에 띄었다. 그들은 서서히 다가오고 있었다. 가장 앞쪽에 있는 사람이 빨간 확성기를 들고 고래고래 소리를 질렀다.

"대안고래 질주 프로젝트를 중단시킨 대통령과 민주당을 규탄하라!"

남자를 따르는 열 명 남짓한 사람들이 규탄하라, 규탄하라 따라 외쳤다. 의택은 헛웃음을 웃었다.

"됐어요. 티켓 사 올게요."

보라의 표정이 이상했다. 뭔가를 보고 있었는데 그 표정이 낯설지가 않았다. 저 표정을 봤었다. 언제? 귀신 봤다고 했을 때? 아니, 그보다는 더 최근. 의택은 놀라서 다시 발코니 쪽으로 돌았다. 보라가 그 개발자 사기꾼을 본 게 틀림없었다. 역시 그놈도 길을 잘못 들었었구나. 그놈의 목적지도 포항역이었던 거다.

"그, 그놈이에요?"

"네!"

"어디! 아니, 복장! 생긴 거!"

보라가 의택의 얼굴 앞으로 손을 뻗어 가리켜줬다.

"주차장 뒤쪽. 대포 카메라."

의택은 곧 보라가 말한 인간을 발견할 수 있었다. 스마트폰에 달 수 있는 대포 렌즈가 눈에 확 띄었다. 살집 있고 탈모가 진행 중인 40대 남성. 의택은 놈의 인상착의를 뇌에 새겨버릴 기세로 노려봤다.

근데 뭘 하는 거지? 놈은 헛소리를 늘어놓는 시위대를 향해 카메라를 겨누고 있었다. 저런 헛소리를 담아서 얻다 쓰는데?

모르긴 몰라도 저런 사진이나 영상을 이용해 또 다른 보라와 의택을 만들어낼 생각이 아닐까? 그거 말고는 저놈이 이곳에서 저런 짓을 하고 있는 이유를 알 수가 없었다.

포항역, 추격

199

"포항과 자유대한민국의 경제를 망치려는 불법 정권과 불법 정당을 해산하라!"

해산하라, 해산하라!

의택은 어떻게 해야 할지 생각했다. 경찰, 경찰은 어디서 뭘 하는 거야? 그렇게 좋아하는 집시법 위반한 놈들 여기 있잖아! 하지만 주변은 이상하리만큼 조용했고 이제 시위대는 택시 승강장을 점거하고 그대로 이쪽으로 왔다. 대포를 쳐든 사기꾼 놈도 이제 확실하게 눈에 띄었다. 이 휠체어 최고 속도로 달리면 그래도 2분은 더 걸릴 것 같은데. 이럴 줄 알았으면 속도 개조 좀 해놓는 건데. 의택은 말했다.

"일단 저놈 가까이 올 때까지 기다리죠."

의택은 뭔가 감이 안 좋아서 보라 쪽을 봤고, 아니나 다를까 보라가 없었다. 아이고, 내 팔자야. 의택은 얼른 좌우로 돌았다. 보라가 에스컬레이터를 역방향으로 질주하고 있었다. 아니, 왜? 이러고 있을 때가 아니지. 의택은 서둘러 엘리베이터 쪽으로 달렸다. 다행히 신기한 구경거리에 사람들이 발코니 쪽에 몰려 있어서 엘리베이터 앞은 비교적 한산했다. 의택은 저속 엘리베이터 안에서 저놈이 에스컬레이터를 타고 올라오지는 않기를 바랐다.

엘리베이터 문이 열리자마자 최대한 빨리 달린 의택은 그새 몰려든 인파에 가로막혀 시야가 차단됐다. 그러는 동안에도 시위대의 어처구니없고 황당한 주장이 의택의 귓구멍을 공격했다.

어차피 시위대가 목적이 아니잖아? 의택은 인파를 피해 택시 승강장 쪽으로 갔다. 그리고 대포 카메라를 든 사기꾼을 발견했다. 거리를 가늠하며 서서히 속력을 높이는데 옆에서 누군가 고함을 지르는 소리가 들렸다.

"이 사기꾼 새끼야!"

보라가 흡사 사냥개처럼 달렸다. 카메라만 들여다보던 사기꾼 놈이 고개를 들어 소리가 들려오는 쪽을 보더니 입을 떡 벌렸다. 보라를 알아본 건가? 놈이 뒷걸음치기 시작하더니 어디론가 손짓을 했다. 뭐야, 뭐가 어떻게 돌아가는 거야?

"거기 서, 이 사기꾼 새끼야!"

보라는 필사적이었다. 사기꾼 놈은 아예 돌아서서 달리기 시작했다. 의택은 멈췄다. 이건 아니다. 마라톤 트랙이라면 몰라도, 놈이 인도에만 올라가도 답이 안 나온다. 의택은 가까운 장애인 주차장으로 턴하며 미리 트렁크 문을 열었다.

포항역, 추격

201

그런데 역사 쪽에서 시위대가 우르르 보라 쪽으로 달리는 게 보였다. 이건 또 뭐야? 휠체어 백미러로 보이는 보라와 시위대의 거리는 빠르게 좁혀졌다. 저 새끼들 한패구나! 다 짜고 치는 고스톱이었어.

경차 뒤에서 멈춰 선 의택은 시위대 선발대가 보라를 앞질러 간 다음 가로막고 서는 걸 봤다. 이거 위험한데. 개발자 사기꾼은 벌써 저만치 달려가고 있었다. 문제는 보라였다. 의택은 다급한 마음에 자동차 경보 시스템을 켜버렸다. 그 즉시 귀를 찢는 사이렌이 포항역을 찢어발기기 시작했다. 소리에 놀란 시위대가 이쪽을 보는 동안 보라가 날다람쥐처럼 포위망을 뚫고 냅다 달렸다. 보라와 부딪힌 누군가가 균형을 잃고 쓰러지며 도미노처럼 대열을 무너뜨렸다.

의택은 얼른 차에 탔다. 심호흡을 한번 하고 차를 출발시켰다. 일부러 시위대 가까이 지나쳐 대열을 한 번 더 흐트러트리고 보라가 향한 방향으로 달렸다. 보라는 건널목 인도를 달리고 있었다. 그쪽으로 가까이 붙는데 보라가 서서히 멈춰 섰다. 또 뭔데? 의택은 앞쪽을 보고 마찬가지로 차를 세웠다.

앞쪽에서 달려가던 사기꾼 놈이 웬 남자들한테 붙잡혀

땅바닥에 엎어져 있었다. 놈을 무릎으로 찍어 누르고 있는 남자가 수갑을 꺼냈다. 경찰이 이제야 나타난 건가? 단순한 경찰이 아니라 사복 형사였다. 저 사기꾼 때문에 온 거였다.

의택은 보라를 부르려 창문을 내렸다. 그런데 보라가 이번에는 뒤로 돌아서서 달리기 시작했다. 어이구. 의택은 차를 돌려 보라를 쫓았다. 보라는 자꾸만 뒤쪽을 돌아봤는데 딱 봐도 겁먹어 보였다. 사냥개가 그새 또 겁먹은 개가 된 거였다. 의택은 차를 가까이 붙여 경적을 울렸다. 그리고 조수석 창문을 내렸다.

"타요!"

보라는 다시 한번 뒤쪽을 보고는 얼른 차에 올랐다. 조수석 문이 닫히자 탄식이 터져 나왔다. 평생 겪을 해프닝을 다 겪고 있는 것 같았다.

"잠복하고 있었나 봐요. 아니, 경찰도 일을 하긴 하네."

환기 차원에서 한 말이었는데 보라는 그저 겁에 질려서 소름 끼치는 얼굴로 말했다.

"호미곶."

"네?"

"호미곶!"

포항역, 추격

203

의택은 말문이 막혔다. 순간적으로 보라가 귀신을 보고 사고 난다고 했던 게 떠올라서 엉겁결에 엑셀을 당겼다. 의택은 내비게이션 목적지를 설정했고 경로가 재탐색됐다.

호미곶. 예상 도착 시간. 45분 후.

일출

포항역에서 빠져나오는 길은 좀 이상했다. 내비게이션이 우회전, 다음에 좌회전을 지시했다. 그렇게 해서 의택이 운전하는 차는 기차역 뒤의 아주 좁은 골목길을 빠져나와 나지막한 옛날식 단층 가옥들이 줄지어 선 왕복 2차로의 좁은 시골길을 달리게 되었다. 보라는 불안하게 창밖을 내다보았다. 길 오른쪽에 용달차, 승용차, 트랙터, 보트가 주차되어 있었다.

'…보트?'

보라는 흠칫 놀라서 창밖으로 고개를 빼고 뒤를 돌아보았다. 빗줄기가 이마를 때리고 얼굴을 적셨다. 빗줄기 때문

에 시야가 좋지 않아서인지 방금 본 광경이 더 비현실적으로
느껴졌다.

"어디서 우회전을 하라는 거야?"

내비게이션이 우회전을 지시하자 의택이 중얼거렸다.
보라는 듣고 있지 않았다.

'길거리에 배를 주차해놨어?'

비를 막기 위해서인지 덮개를 씌워놓았지만 모양으로
보아 틀림없이 배였다. 크기는 웬만한 트럭 정도였고 밑에
바퀴가 달린 받침대를 깔아서 차에 연결하여 이동시킬 수 있
게 해놓았다.

그리고 그 배 앞에 우회전을 할 수 있을 만한 아주 작고
짧은 골목이 있었다. 잔디와 잡풀이 돋아난 작은 풀밭과 낮
은 단층집 사이의 흙길이었다.

"저기⋯."

보라가 그 길을 가리키기 전에 의택이 운전하는 차는 획
지나쳐 앞으로 달려 나갔다. 그리고 의택이 갑자기 물었다.

"호미곶이 어디예요?"

"아야!"

보라는 깜짝 놀라 창밖으로 머리를 내민 채 고개를 돌

리려다 조수석 창문에 끼어버렸다. 윗머리와 턱이 동시에 창에 부딪쳐 몹시 아팠다. 보라는 얼굴에서 빗물을 닦아내고 머리를 문질렀다.

내비게이션이 불만족스럽다는 듯 띵띵, 소리를 울리며 경로를 재탐색했다. 보라와 의택을 태운 차는 곧 아스팔트가 제대로 깔리고 차선도 표시되어 있고 신호등도 있는 큰길로 나왔다. 의택은 내비게이션의 지시대로 우회전했다.

의택이 다시 물었다.

"호미곶이 어디냐고요? 왜 갑자기 거기로 가요?"

길가의 커다란 표지판이 비에 흠뻑 젖어 있었다. 오른쪽으로는 '구룡포/포항IC', 그리고 왼쪽으로는 '영일만항'이라는 글자가 빗줄기 사이로도 선명하게 보였다. 호미곶은 도로 표지판에 없었다.

영일만항에는 다시 가고 싶지 않았다. 그곳에는 아무것도 없었다.

"그 사람들이 거기로 간다고 했어요."

보라가 중얼거렸다.

"그 사람들? 그게 누군데요?"

의택이 짜증을 냈다.

호미곶, 일출

207

"무전기 든 남자들요. 아까 형사들이 포항역에서 그 개발자 체포할 때 제 뒤에 있던 사람 두 명이 무전기로 얘기하는 거 들었어요."

내비게이션은 오른쪽 길로 가라고 지시했다. 의택이 방향을 조금 틀어 오른쪽 가느다란 길로 빠졌다. 그 작은 언덕길을 올라가자 큰 도로가 나왔다.

"호미곶에 있냐, 지금 거기로 간다, 뭐 그러더니 차 타고 가버렸어요. 따라가려고 했는데…."

말하면서 보라는 다시 나타난 도로 표지판을 바라보았다. '구룡포/기계'라고 쓰여 있었다. 무슨 기계를 말하는 걸까. 보라는 국도에서 보았던 커다란 트럭과 포항역에서 빠져나올 때 길가에 덮개를 꼼꼼하게 쓰고 주차되어 있던 배를 떠올렸다. 제철 산업단지가 있는 곳이라 도로 표지판에도 '기계'라고 적혀 있는 걸까. 그러나 이번에도 표지판에 호미곶은 없었다. 보라는 불안해졌다.

"따라가서 어떡하게요? 경찰차에 같이 타고 가게요?"

의택이 어처구니없다는 듯 물었다.

"그런 자세한 생각은 안 했어요…."

보라가 한참 동안 아무 말도 하지 않다가 조그맣게 중

얼거렸다.

빗줄기가 조금씩 가늘어졌다. 길은 뱅글뱅글 돌아서 올라가는 작은 도로와 고속도로처럼 크고 넓은 길이 번갈아 나타났다. 주변은 산과 나무와 언덕뿐이었다. 호미곶이라면 '곶'이니까 바다일 텐데, 아니 애초에 포항 자체가 바닷가에 있는 도시인데, 바다에 가까워지는 낌새는 조금도 보이지 않았다.

보라는 전화기를 꺼냈다. '호미곶'을 검색해보았다. 꽤 유명한 관광지인 것 같았다. 바닷속에서 튀어나온 손 모양 조각상으로 유명하다고 했다.

"관광지네요…."

보라가 검색 결과를 보면서 말했다.

"조각상하고 일출 장면하고 그런 걸로 유명하대요."

"관광지?"

의택이 다시 전방을 주시하면서 헛웃음을 터뜨렸다.

"그러니까 그 자식들이 우리 돈 사기 쳐서 바닷가에 여행 와서 관광하고 돌아다닌다고요? 나 원, 참… 허허…."

보라는 대답하지 않았다. 사기꾼 일당이 포항까지 와서 관광하고 다니며 뿌리는 돈에는 보라가 여러 가지 건강하지 못한 경로를 통해 빌리고 긁어모아 밀어 넣은 투자금도 포함되어 있었다. 그 금액의 일부는 보라가 의택에게서 뜯어내 사기꾼들의 계좌에 처박은 돈이었다.

그 돈을 되찾을 수 있을까. 되찾아야 했다. 그러나 보아하니 사기꾼들은 이미 놀러 다니며 그 돈을 최소한 일부는 흥청망청 써버린 모양이었다. '개발자'가 경찰에 붙잡혔으니 나머지 돈이라도 찾을 가능성은 있는 걸까. 호미곶에 있다는 다른 일당은 또 누구일까. 범인을 잡았으니까 속아서 넘겨준 돈도 돌려받을 수 있겠지. 아마 돌려받을 수 있을 것이다.

보라는 이 부분에서 확신을 가질 수 없었다. 자신도 돈을 뜯긴 피해자이지만 동시에 의택과 다른 투자자들을 설득해서 사기에 끌어들인 가해자이기도 했다. 보라는 전화기를 내려다보았다. 자신이 서울지검 검사라고 말한 사람의 전화는 다시 오지 않았다. 그러나 영일만항에서 허탕을 치고 포항역에서 시위에 휩쓸리는 사이에 또 지역번호 02로 시작하는 전화가 왔다. 매번 지역번호와 국번은 같고 뒷자리 중에서 마지막 한두 자리 정도만 달랐다. 보라는 전화를 받지 않았다. 그러면 어김없이 문자가 왔다.

귀하와 관련된 사건을 수사하는 중 문의 사항이 있어서…

마지막에 온 문자의 내용은 조금 달랐다. 이전처럼 정중하지 않았다.

출두 요청을 지속적으로 거부하시면 체포 영장이 발부될 수 있습니다. 반드시 담당 수사관에게 전화 주시기 바랍니다.

체포 영장.
보라는 눈을 감았다.
체포 영장.
보라는 자신도 피해자라고 생각했다. 자신도 피해자라고 경찰에, 온 세상에 말하고 싶었다. 그러나 아무도 믿어주지 않을 것이었다.
넓은 도로와 풀숲밖에 없던 구간을 지나 의택이 운전하는 차는 이제 건물도 있고 아파트도 보이는, 사람이 사는 지역으로 접어들었다. 비가 오는데도 공사를 하는지 도로 한쪽에서 빨간불이 켜진 경고판이 차로 하나를 막고 그 앞에서 경광봉을 든 사람이 옆 차로로 비켜 가라고 신호하고 있었다. 차가 별로 없어 의택이 모는 경차가 넓은 4차로를 거의 독차지하다시피 달렸지만 이 부분에서 앞뒤로 차들이 꽉 밀리면서 속도가 극도로 느려졌다. 그러나 공사 구간을 지나자 차들이 금세 흩어지고 의택의 차는 다시 부드럽게 빗속을 달리기 시작했다.

그리고 길 양옆에 빼곡하게 건물들이 나타났다. 전부 '대게'라는 글자가 큼지막하게 적힌 간판을 달고 있었다. 어떤 건물은 간판 대신 아예 거대한 주황색 게 모형을 전면에 설치해놓았다. 보라는 의택의 자동차가 한참 전에 지나온 7번 국도로 다시 돌아간 것 같은 착각을 잠시 느꼈다.

물론 착각이었다. 그리고 잠시뿐이었다. 이곳 간판들은 '대게'와 함께 절반 정도는 '과메기'를 써 붙이고 있었다. 보라는 과메기가 무엇인지 몰랐다. 메기의 일종일까? 그러나 그 어떤 상점도 과메기 모형을 간판에 붙여놓지는 않은 것으로 보아 대게처럼 외모부터 인상적인 물고기는 아닌 것 같다고 보라는 짐작했다.

그곳이 구룡포였다. '구룡포 대게', '구룡포 과메기', '구룡포 수산물', '구룡포 건어물', '구룡포 낚시' 등의 간판이 길 양옆에 즐비하게 늘어선 건물들을 꽉꽉 채우고 있었다. 심지어 도로 표지판에도 '과메기 주차장'이라고 적혀 있었다. 보라는 자기도 모르게 피식 웃었다. '체포 영장'이라는 네 글자가 짧은 순간 머릿속에서 사라졌다.

"과메기가 도대체 뭔데 주차장까지 따로 있대요?"

보라는 자신의 처지와 포항에 온 이유, 호미곶으로 가는 목적을 한순간 전부 잊고 이렇게 중얼거렸다.

"생선이에요."

의택이 퉁명스럽게 대답했다.

"메기 같은 거예요?"

보라가 다시 물었다.

"메기가 강에서 살지 왜 동해 바다에 살아요."

의택이 피식 웃었다.

"꽁치 말린 거예요. 말려서 숙성시킨 거."

의택이 도로에서 눈을 떼지 않고 주의 깊게 운전하면서 무심하게 내뱉었다.

"먹어봤어요? 맛있어요?"

보라가 가볍게 물었다. 의택은 고개를 저었다.

"옛날에 먹어봤는데 비린내 나고 기름기 많아서 난 별로였어요."

보라가 다시 입을 열려 했을 때, 주차장 너머로 바다가 펼쳐졌다.

그것은 7번 국도에서 보았던, 하늘을 물에 담근 듯 새파란 바다가 아니었다. 은목걸이를 펼쳐놓은 듯한 수평선이 멀리 가득히 펼쳐진 수면에 배들이 떠 있었다. 비가 오는데도, 혹은 바로 그 빗물에 젖었기 때문인지, 하늘 끝에 닿은 해수면은 그 자체로 빛을 내는 듯 은은하게 반짝였다. 이곳은 관광객들이 노는 해수욕장도 아니고 영일만항처럼 화물선이나 크루즈 선박만 드나드는 상업항도 아니었다. 사람들이 고기를 잡고 일을 하는 항구였다. 아마도 해수욕장이나 화물선이 생기기 훨씬 전부터 사람들은 이곳에서 물고기를 잡고 게를 잡아 생계를 꾸렸을 것이다. 그리고 해수욕장이나 화물선이나 크루즈가 사라지더라도 사람들은 이곳에서 계속해서 게를 잡고 꽁치를 말려 과메기를 만들 것이었다. 땅이 끝나는 곳에서 바다가 은빛으로 반짝이는 한 영원히.

짙고 은은하게 빛나는 바다 표면이 자동차와 건물에 가려 보이다 말다 하며 이어졌다. 그 바다가 새파랗게 다시 펼쳐진 순간 자동차가 좌회전을 하면서 바다는 차의 뒤쪽으로 돌아서 사라져버렸다. 의택은 내비게이션의 지시에 따라 양

옆이 시멘트 벽 같은 것으로 막혀 있는 답답한 도로에 접어들었다. 보라는 몹시 아쉬웠다.

다행히 시멘트 벽은 길게 이어지지 않았다. 잠시 달리자 다시 오른쪽으로 바다가 펼쳐졌다. 하늘이 통째로 물속으로 잠겨 든 듯 새파란 바다. 날이 흐려서인지 바다는 수평선으로 멀어질수록 거의 검은색으로 보였다. 다만 그것은 어둡고 위협적인 검은색이 아니라 강하고 진한 어둠, 우주처럼 푸른 심연이었다.

이제는 바다를 가리는 주차장도, 높은 건물도 별로 없었다. 드문드문하고 나지막한 건물들 사이로 풀이 무성한 공터, 그리고 가끔 키 작고 구불구불한 소나무가 전부였다. 그 너머는 바다였다.

지금이다.

보라는 깨달았다.

자신이 자유로운 몸으로 마음껏 바다를 볼 수 있는 순간은 아마도 앞으로 다시 오지 않을 것이었다. 바로 눈앞에 펼쳐진 저 한없는 푸름의 공간, 그 수면에서 춤추는 빗방울, 은의 띠처럼 세상을 두른 수평선을 한껏 느낄 수 있는 시간은 지금밖에 없었다.

호미곶, 일출

215

길 옆에 차츰 건물이 많아졌다. 그리고 높아졌다. 모두 벽면에 커다랗게 '수산'이라고 써 붙인 건물들이었다. 주차장처럼 보이는 공터도 있었다. 차가 계속 달려가면서 양옆에는 높이 솟은 나무들이 제법 빽빽이 들어찬 언덕이 솟아올랐다. 언덕이 지나간 뒤에 도로 표지판이 있었다. 신호등이 빨간불로 바뀌고 보라와 의택이 탄 차는 정지선 앞에 멈추어 섰다. 보라는 신호등 옆을 바라보았다. '호미곶'이라고 위쪽에 적힌 좀 작은 글자보다도 한가운데 커다랗게 적힌 '일출로'라는 길 이름이 먼저 눈에 들어왔다.

다시 일출을 볼 수 있을까.

보라는 생각했다.

사실, 이제는 아무래도 상관없었다.

신호등이 청록색으로 바뀌었다. 의택이 조심스럽게 차를 출발시켰다.

호미곶에도 역시 아무것도 없었다.

엄밀히 말하면 이것은 사실이 아니다. 보라가 기대했던 장면도 사건도 전혀 일어나지 않았을 뿐이다.

호미곶에는 바다가 있었다. 바다는 새파랗고 넓었다. 비가 그치고 오후의 햇빛이 퍼지자 동해 바닷물은 깊고 진한 파란색으로 빛났다. 수평선으로 갈수록 그 파란빛은 점점 강해져서 짙은 남빛으로 보였다.

바닷가에는 갈매기가 있었다. 갈매기가 아주 많이 있었다. 그리고 해맞이공원에 갈매기만큼은 아니지만 상당히 많은 조형물이 여기저기 세워져 있었다. 의택이 넓고 텅 빈 주차장을 가로질러 장애인 구역도 주차선도 무시하고 해변에 최대한 가까운 위치에 차를 주차했다. 보라는 망설이지 않고 차에서 나왔다. 비가 지나간 뒤의 촉촉한 바람 속에서 짭조름하고 독특한 바다 냄새가 풍겨왔다.

조형물은 대부분 문어였다. 7번 국도와 구룡포 인근 도로는 대게에게 점령당했는데, 호미곶 해맞이공원은 문어에게 점령당했다. 커다랗고 시퍼런 문어 조각상이 가장 먼저 눈에 띄었다. 이 문어는 몸통 바깥쪽은 파란색이고 촉수와 빨판 아래쪽은 보라색이라 화려한 모습인 데다 너무 커서 단연 눈에 띄었다. 거대하고 둥근 두 눈이 몸통에서 툭 튀어나와 있었는데, 눈도 파란색이라 사람으로 치면 눈을 감고 있는 것 같아서 자는 것인지 죽은 것인지 묘하게 무시무시한 느낌이었다.

호미곶, 일출

217

문어가 눈을 감고 땅 위에 너무 오래 나와 있어서 죽은 것 같다고 보라는 문득 생각했다. 그리고 바로 다음 순간 그런 생각을 떨쳐내려 애썼다. 이곳은 마지막 여행지였다. 하늘과 바다와 그 사이에 있는 모든 것을 즐겨야만 했다.

광장 가장자리에는 동글동글하게 귀여운 캐릭터로 형상화한 문어 조형물들이 줄지어 있었다. 그리고 해변에 인접한 난간 앞에는 사납게 촉수를 세운, 역시나 거대한 청동 문어 조형물이 눈을 부릅뜨고 있었다.

"돌문어를 형상화했대요!"

보라는 조형물마다 다가가서 안내판을 찾아 꼼꼼하게 읽으며 의택에게 외쳤다.

"돌문어라는 게 따로 있는지 몰랐어요! 문어는 다 그냥 바닷속에서 산다고 생각했어요."

그리고 보라는 의택의 대답을 기다리지 않고 그 유명하다는 '상생의 손' 쪽으로 달려갔다.

포항역 역사 안에 있는 기념품 가게 외벽에도, 포항역 앞에서 손님을 기다리던 택시들의 뒷좌석 문에도, 노을 진 하늘을 배경으로 바다에서 튀어나온 거대한 오른손 모양 조형물의 사진이 붙어 있었다. 실제로 해맞이공원에 와서 보니 양손 한 쌍이고 왼손은 땅에, 오른손은 바다에서 튀어나와 서로 마주 보고 있었다. 청동 거인이 양손으로 보이지 않는 어떤 둥근 물건, 예를 들어 엄청나게 큰 공 같은 걸 들고 있으면 저런 손 모양이 될 것 같다고 보라는 생각했다.

'오른손은 바닷속에, 왼손은 땅 위에 있으니 이 두 손이 들고 있는 둥근 물체라면 아마 태양일까?'

보라는 뒤쪽 바닷속에서 튀어나온 오른손과 눈앞에 솟아 있는 왼손을 번갈아 바라보았다. 방향은 잘 모른다. 해만 보고 동서남북을 구분하는 능력은 없다. 그러나 상식적으로 동해는 동쪽에 있으니까 해가 뜬다면 바다에서 솟아오를 것이다. 그런데 바다와 땅에 걸쳐 있는 이 두 개의 손이 해를 거머쥐려고 한다면 방향이 상당히 애매해 보였다.

이런 생각을 하면서 보라는 바다에서 튀어나온, 더 유명한 상생의 오른손 쪽으로 발걸음을 옮겼다.

오른손에는 손가락마다 갈매기가 앉아 있었다. 바다에서 튀어나온 오른손 옆에는 작은 섬처럼 보이는 넓은 바위가 있었다. 그 바위는 갈매기 떼에게 점령당했다. 갈매기들은 고양이가 크게 우는 듯한 소리를 내며 넓은 바위에 날아와 앉기도 하고 바위에서 날아오르기도 했다. 느긋하게 바위에

호미곶, 일출

219

앉아 있던 갈매기가 갑자기 자못 바쁜 듯이 날개를 퍼덕이며 날아오르는 모습을 지켜보면서 보라는 새와 자유를 동일시하는 흔한 시나 노래를 생각했다.

'저 갈매기는 뭐가 바빠서 저렇게 열심히 날아갈까.'

보라는 궁금했다.

난데없이 뭐가 다리에 부딪쳐서 보라는 깜짝 놀랐다. 돌아보니 의택이었다. 전동 휠체어로 돌진해서 다리를 들이받은 것이었다. 보라는 다리를 비볐다. 그다지 아프지는 않았지만 불쾌했다. 갈매기를 관찰하며 한껏 관광객 기분을 만끽하고 있었는데 그 기분이 이렇게 갑자기 깨져버린 것이 짜증이 났다.

"사람이 말을 하면 대답을 해야 할 거 아니에요?"

의택은 정말로 화가 난 것 같았다.

"뭐 하는 거예요? 여기 놀러 왔어요?"

"놀러 오면 안 돼요?"

보라도 지지 않고 언성을 높였다.

"사기꾼들도 놀러 오는데 우리는 왜 안 돼요?"

"그 자식들 또 도망간 거 아니에요?"

의택의 목소리에 걱정이 서렸다.

"아니면 우리가 여기로 오는 사이에 벌써 경찰이 잡아갔다거나?"

보라는 주위를 둘러보았다. 의택이 주차장에 차를 세운 뒤, 보라가 차에서 뛰어나와 호미곶 해맞이공원 광장을 돌아다니는 내내 경찰이나 범죄자처럼 보이는 사람은 눈에 띄지 않았다. 물론 포항역에서 보라가 본 경찰들은 어두운 색이지만 사복을 입고 있었다. 무전기가 아니었다면 경찰인 것을 눈치채지 못했을지도 모른다. 범죄자의 경우는 구분하기가 더 어려웠다. 보라는 '개발자' 외에 다른 일당을 직접 만난 적이 없었다. 그렇다고 사기꾼이 가슴팍에 알기 쉽게 '사기꾼'이라고 써 붙이고 다닐 리가 만무했다.

보라는 전화기를 꺼냈다.

"뭐 해요?"

의택이 물었다.

"환급 대행사에 전화하려고요."

말하면서 보라는 화면의 통화 기록을 눌렀다.

"그놈들 잡혔으니까 이제 우리 돈 언제 받을 수 있는지 물어볼 거예요."

그리고 보라는 의택이 뭔가 말하려고 입을 여는 모습을

호미곶, 일출

221

보고 전화기를 내밀었다. 스피커폰 아이콘을 눌렀다. 의택이 전화기 쪽으로 조금 더 다가왔다.

신호가 가는 소리가 들렸다. 오랫동안 신호가 가는 소리만 들렸다.

"안 받네."

의택이 중얼거렸다. 보라는 전화기를 들지 않은 손을 말없이 휘저었다.

—여보세요.

갑자기 전화기 안에서 남자 목소리가 들렸다.

"여보세요?"

보라가 스피커폰을 켜둔 것도 잊고 반사적으로 전화기를 귀에 가져다 댔다.

"여보세요! 저희 그 시추공 사기 때문에 환급받으려고 의뢰했던 사람들인데요, 그 사기꾼 잡혔대요! 이제 우리 돈 받을 수 있는 거죠? 언제 받을 수 있어요? 이제 어떻게 하면 돼요?"

상대방이 뭐라고 말할 새도 없이 보라가 한꺼번에 와르르 쏟아냈다.

"우리 돈 확실히 받아주실 수 있는 거죠? 재판…"

—여보세요.

차분한 저음의 남자 목소리가 전화기 너머에서 보라의 말을 막았다.

—전화 주신 분 누구십니까?

"무슨 소리예요, 누구냐니."

보라가 불안하게 대꾸했다.

"저희가 환급 대행 의뢰했잖아요. 포항 영일만 앞바다 대안고래 질주 프로젝트 시추공 분양받았다가 사기당해서…"

—시추공 분양 사기 피해자이십니까?

전화기 너머 남자의 목소리에 긴장감이 서렸다.

—여기 포항북부경찰서입니다. 혹시 이쪽으로 지금 오셔서…

보라는 전화를 끊었다.

"뭐 하는 거예요?"

의택이 물었다.

"왜 끊어요? 경찰서라잖아요. 잘됐네. 그 사기꾼들 진짜 다 잡은 모양이네."

의택이 말하면서 전동 휠체어를 빙글 돌렸다.

“어디 가요?”

보라가 뒤에서 불안하게 물었다.

“포항북부경찰서요.”

의택이 차를 향해 가면서 말했다.

“가서 고소를 하든 뭘 하든 우리 돈 돌려받겠다고 얘기해야죠. 우리 피해자라고.”

경찰.

한순간 보라의 모든 사고가 정지했다. 머릿속에서 그 두 글자만이 번쩍거렸다.

경찰.

경찰에게는 갈 수 없다.

“잠깐만요.”

보라는 달려갔다. 있는 힘껏 달려가서 의택의 전동 휠체어 앞을 막아섰다.

“잠깐만요.”

“뭐예요? 비켜요.”

의택이 전동 휠체어 방향을 돌려 보라 옆으로 돌아가려 했다. 보라는 얼른 옆으로 걸음을 옮겨 다시 의택의 앞을 막았다.

“왜 이래요?”

의택이 짜증을 냈다.

“귀신의 집 갈래요?”

보라가 고함치다시피 말했다.

“아까 내가 여기 포항 호미곶에 귀신의 집 있다고 그랬더니 마이크 씨가 막 화냈잖아요. 기왕 여기까지 왔으니까, 귀신의 집 가볼래요?”

그리고 보라는 웃기 시작했다.

모든 그럼에도 불구하고

의택은 보라가 한 말을 어떻게 받아들여야 할지 몰라 잠시 보라 뒤쪽으로 보이는 바다와 손 동상을 쳐다봤다. 아무래도 좀 정신이 나간 게 틀림없었다. 그래, 솔직히 의택도 체력적으로나 정신적으로 한계긴 했다. 이 몸으로 천안에서 포항까지 왔다. 그것도 경차를 타고 고속도로를 달렸다. 포항에 가까워지면 질수록 초조함이 턱밑으로 차올랐다. 호기롭게 가긴 하는데 정말 가면 해결되나? 냉정해질 필요도 없이, 이 일은 결코 쉽게 해결될 수 있는 문제가 아니고 정말 운이 좋아서 해결된다 해도 의택의 돈이 보전될 확률은 절대적으로 낮다.

후… 그렇기는 해도… 보라가 호미곶에 오면서 보이기 시작한 모습은… 아무리 좋게 생각하려 해도 그냥 관광객이다. 의택은 마음을 다잡고 보라의 반쯤 풀린 눈을 응시했다. 피곤해서 초점이 자꾸 날아갔지만 애썼다.

"존도 지치고 나도 지쳤어요. 나는 지금이라도 이 광장에 드러눕고 싶어요. 몸에 감각이 없다고 피로도 못 느끼는 건 아니거든요. 존도 정말 힘들어 보이는데, 그 사기꾼도 잡혔고, 보아하니 환급 대행사도 덜미 잡힌 것 같은데, 진짜 하느님이 도우셨어요. 기적이라고요. 내 생각에는 이제 우린 좀 쉬어도 될 것 같아요."

보라는 그래서 가는 거냐고 묻는 눈이었다. 귀신의 집에.

"경찰서 가서, 우리가 아는 거 말하고 하루라도 빨리 그놈들 잡아요. 그래서 한 푼이라도 더 건져서 나나 존이나 다시 일상으로…"

"나 가해자예요."

보라가 시리도록 차갑게 말했다.

"아니, 뭐… 작정하고 한 것도 아니고… 경찰도 상황을 알면 정상참작 같은 거 해줄 거예요. 내가 보증할게요. 이 사람 나쁜 사람 아니다, 이 사람 나랑 똑같은 피해자다…."

"정말 그렇게 생각해요?"

의택은 바로 대답하지 못했다. 이 모든 화의 원인이 보라가 맞긴 하다는, 매우 낯설게 느껴지는 목소리가 들려온 것 같아서 당혹스러웠다. 정말 그렇게 생각하나? 근데 지금 그런 걸 따질 때가 아니지 않아? 의택은 말했다.

"내 생각 같은 게 중요해요?"

보라는 잠시 생각하더니 바다 쪽 나무 덱의 턱에 걸터앉았다. 의택은 절대 넘을 수 없는 턱이었다.

"모르겠어요. 애초에 왜 마이크를 찾아온 걸까요. 나 때문에 사기당한 사람인데."

의택도 그건 궁금하긴 했다. 의택이야 간절했기 때문에 일단 만나서 각자의 상황을 공유하고 대책을 모색해보자 하기는 했지만, 의택이 반대 입장이었어도 과연 알겠다, 하고 올까? 답이 안 나오는 문제였다. 장애인이 되기 전에는 상상도 못 했던 많은 것들처럼.

"지금도 마이크 같은 사람들이랑 경찰, 검사 같은 사람들한테 연락 와요. 모두 날 가해자라고 말해요. 맞긴 한데 나도 피해자일 수 있다는 생각은 안 해줘요."

보라가 의택을 올려다봤다.

"마이크는 그걸 생각은 해줬어요. 그럴 수도 있다는 걸 인정했어요. 그래서였나 봐요. 마이크를 만나러 갔던 건. 내 얘기 하고 싶어서. 이기적이게."

의택은 대화의 방향이 마음에 들지 않았다. 사기꾼들이 잡히고 있는 마당에 의택과 보라 같은 사람들은 마지막으로 투지를 불태우며 조금 더 버틸 에너지를 얻어야 한다. 그래야 살 수 있으니까. 지금 보라가 하듯이 자책과 자괴감에 빠질 때는, 최소한 지금은 아닌 것 같았다. 의택은 숨을 크게 들이마셨다.

"사람이 다 그래요. 솔직히… 내 친구 돈까지 끌어다 넣을까 하는 생각도 잠깐이지만 했어요. 공동 창업하려고 친구랑 반씩 모으고 있었거든요. 뭐, 지금도 그 절반이 날아가버려서 친구 놈 인생도 경로에서 이탈되긴 했지만…."

"그건 좀 그렇긴 하네요."

"저기요, 가해자 씨."

보라는 다시 고개를 떨궜다. 해가 떨어지면서 바닷바람은 점점 더 거세졌는데, 눈을 뜨고 있기도 어려울 지경이었다. 이대로 계속 여기 있으면 그마저도 움직일 수 없을 터였다. 의택은 마비된 손을 일부러 더 휙휙 흔들어 체온 유지에 힘썼다.

"안 추워요?"

보라는 추위가 뭐지 하듯 고개를 들더니 뒤늦게 제 몸을 감쌌다.

"조금요."

"나 이렇게 바람 맞으면 차도 휠체어도 운전 못 하거든요? 일단 차로 갈까요? 가서 귀신의 집이든 뭐든 생각하는 건 어떨까요."

보라는 일어날 생각이 없어 보였다.

"경찰서에 가면 나도 끝이에요."

"어… 생각을 좀 바꿔보면 어때요? 지금 우리는 어차피 끝난 것 같은데, 경찰서에 가면 최소한 먹을 거랑 잠자리는 제공되잖아요."

몸이 서서히 굳어가는 느낌에 조급해진 의택은 보라의 눈에 눈물이 맺히는 걸 보고 아차 싶었다.

"아니, 그냥 농담한 건데…."

"농담?"

보라가 벌떡 일어났다.

"당신한텐 그게 농담이야? 나더러 감방에서 쉬라는
게?"

화가 났다기보단 좀 서운해하는 것 같았다.

"미, 미안해요. 아까부터 바닷바람 맞고 있어서 몸이 굳
어가요. 이대로면 진짜 옴짝달싹 못 해서, 그래서 초조해서
실언을 했어요. 아니, 근데 유치장까지 생각하고 한 말은 아
니거든요? 경찰서에 사람 잘 곳이 없겠어요?"

보라는 잠시 생각하며 감정을 누그러뜨렸다. 그러고는
의택의 손을 봤다.

"가요."

보라가 차로 가기 시작했다. 의택은 안도하며 보라의 뒤
를 쫓았는데 벌써 원하는 방향으로 나아가기가 살짝 어려워
졌다. 아마 차에 들어가서도 바로는 운전을 하지 못할 것 같
았다.

"근데 이건 마이크만 운전할 수 있어요?"

보라가 차 앞으로 돌아가 운전석 쪽을 들여다봤다. 의택
은 트렁크 문을 열었다.

"뭐, 꼭 그런 건 아니고요. 그냥 풋페달을 손페달로 바꾼
거니까, 오히려 더 쉬울 수도 있고."

천안 단국대병원, 모든 그럼에도 불구하고

231

"나 해봐도 돼요?"

이건 또 뭔 소리야. 의택은 천천히 운전석 쪽으로 돌아 갔다. 보라는 장난치는 얼굴은 아니었다. 의택이 쳐다만 보 자 보라가 말했다.

"운전 못 하게 되면 그래도 누군가는 할 수 있어야 할 거 아니에요."

맞는 말이긴 한데…. 의택은 운전석 문 잠금장치를 해제 하고 뒤로 물러났다.

"열어봐요."

보라가 문을 열었다. 운전 핸들이 휑한 운전석과 대비돼 무척 이상하게 보였다.

"좌석이 없어요."

보라는 개의치 않고 안으로 몸을 숙이고 들어갔다. 한쪽 무릎을 꿇고 대충 자리 잡더니 우측에 있는 핸들을 가리켰다.

"이거죠? 오면서 보니까 늘 손을 얹고 있던데."

"맞아요. 그게 페달이에요. 당기면 엑셀, 밀면 브레이크. 나는 그게 꼭 게임하는 것 같아서 재밌더라고요. 다리를 쓸 수 있게 돼도 이걸 쓸 것 같아요."

보라는 핸들을 당기고 밀어보며 이곳저곳 살폈다. 전면

의 스위치들도 한 번씩 눌러보기 시작했는데 의택이 뭐라고
하기도 전에 와이퍼가 작동하며 워셔액을 사방으로 뿌려댔
다. 의택의 입에도 조금 들어갔다.

"푸! 푸우! 아, 진짜!"

보라는 순간적으로 또 잔뜩 주눅 들어서 의택을 쳐다봤
다.

"시동 걸려고⋯."

"지금 시동 켜서 뭘 어쩌려고!"

"히터⋯ 좀 켜놓을까 했죠."

의택은 입을 다물고 속으로 숨을 쉬었다. 그리고 원격으
로 시동을 켰다.

"거기, 두 번째 줄 끝에서 세 번째."

보라가 히터를 켰다.

"그럼 일단 귀신의 집인지 뭔지부터 가요. 가서 좀 쉬면
서 그 후에⋯."

보라가 운전석 문을 쾅 닫았다. 의택은 말문이 막혀 눈
을 크게 뜨고 보라의 얼굴만 봤다. 보라가 뭔가를 또 누르자
트렁크 문이 닫히기 시작했다. 낮에 의택이 눌러달라고 했던
그 버튼이었다. 의택은 그저 멍하니 "존?" 하고 말했다. 보라

가 창문에 얼굴을 대더니 입 모양으로 말했다.

미안해요.

차가 후진을 했다. 그대로 반대편 상가 쪽까지 가서 턱에 걸려 멈췄다. 곧 다시 전진하는가 싶더니 그대로 도로를 질주했다. 의택은 뒤쫓았다. 아직 차의 속도가 빠르진 않았지만 개조 안 한 전동 휠체어의 최고 속도로는 절대 따라잡을 수 없었다. 차는 술 취한 사람처럼 도로 위를 누비다가 이내 건물 너머로 사라져버렸다.

관성적으로 차를 쫓으며 의택은 입을 다물지 못했다. 뭐지? 내가 뭘 본 거야? 지금 이게 대체 무슨 상황이냐고?

뒤에서 경적 울리는 소리에 정신을 차린 의택은 길가로 이동해서 계속 달렸다. 인도의 경사로가 나타나서야 위로 올라갔는데 모퉁이 너머에는 아무것도 없었다. 원래 초심자가 뭐든 잘하는 법이라지만 좌석도 없이 어디까지 갈 생각인지 의문과 걱정이 뒤섞였다.

의택은 보라와 통화를 시도했다. 받지 않았다. 진짜 어이가 없네. 의택은 내비게이션 앱을 열고 차에 설치된 시스템을 통해 위치를 확인했다. 차근차근 방향을 쫓다 보니 그 경로에 보라가 말한 곳이 있었다. 귀신의 집으로 유명한 어느 민가였다. 오죽하면 별점까지 매겨지고 있는 그곳은 해외의 IT 대기업에서도 존재를 인정하는 포항의 명소 중 하나였다. 죽어도 여길 가시겠다 이거지? 의택은 조금 냉정을 되찾고는 귀신의 집을 향해 달렸다.

보라의 행동 하나하나가 이상하고 어딘가 어긋나 있었다. 사실 의택이 겪기로 보라는 평범한 것과는 거리가 멀긴했지만 말이다. 귀신을 본다는 걸 제외하더라도 보라는 이상했다.

어떻게 보면 그런 이상한 보라와 함께였기에 여기까지 올 수 있었다. 이 여정도 이상하기는 덜하지 않았고 그 끝도 도무지 예상이 안 됐다. 그래서 의택은 보라가 탄 차가 정말로 귀신의 집 앞에서 멈췄을 때부터 생각을 비우고 그냥 달렸다. 보라한테 다시 전화해볼까도 했지만 관두고 화면도 꺼버렸다. 앞으로 또 무슨 어처구니없는 일이 벌어질지 모르기에 배터리는 아껴두는 편이 나았다.

단층으로 된 옛날식 주택들이 인도를 따라 끝없이 나타났다. 그런데 하나같이 비어 있었다. 금이 쳐져 있기도 했고 시에서 붙인 경고문도 눈에 띄었다. 재난 위험 시설로 분류됐다는 집들은 언뜻 보면 바로 얼마 전까지 사람이 살던 것처럼 멀끔했다. 이런 곳에 귀신의 집이 왜 있는 걸까.

의택은 모퉁이를 끼고 돌았고, 언뜻 낯익어 보이는 집을 발견했다. 보라가 귀신의 집에 대해 신이 나서 설명하며 보여줬던 사진 속 집이 지금 의택의 눈앞에 있었다. 전체적으로 그냥 평범한 시골집이었다. 정면으로 보이는 현관문은 시멘트 계단으로 이어져 있었고 그 양옆으로 창문이 나 있었다. 의택은 그 옆쪽을 보기 위해 움직이다가 이곳에 보라와 차가 없다는 사실을 깨달았다.

그때 멀리서 구급차 사이렌 소리가 다가왔다. 의택이 달려온 방향이었다. 의택은 얼른 귀신의 집 앞쪽으로 가서 반대로 돌았다. 조금 있자 정말로 구급차 한 대가 달려와 의택의 앞을 쌩하니 지나쳤다. 구급차가 시야에서 사라질 즈음 이번에는 경찰차 두 대가 그 뒤를 쫓아 시야 밖으로 사라졌다.

이상하게 쿵쾅거리는 심장이 멈추질 않았다. 의택은 그냥 가만히 있었다. 스마트폰을 켜 차가 있는 곳을 확인해야 했는데 왠지 몸이 움직이지 않았다. 마비된 게 아니라 움직일 의욕이 나질 않았다. 어떻게 해야 하지? 아니, 뭐 하는 거지?

전화벨이 울렸다. 의택은 크게 놀랐지만 얼른 전화를 받았다. 의택은 외쳤다.

“존! 지금 대체 어디예요!”

그러나 들려온 목소리는 보라가 아니었다. 현도였다.

“뭐야, 너야말로 지금 어디서 뭘 하는데?”

의택은 현도의 목소리와 현도라는 친구의 존재가 극도로 낯설어서 겁이 났다.

“야, 너 지금 어디냐고!”

“어? 나? 그게….”

그때였다. 등 뒤로 빨간 빛이 켜졌다. 의택은 천천히 뒤로 돌았고 귀신의 집 창문으로 보이는 것에 잠시 관심이 쏠렸다. 빨간 조명을 등지고 선 것은 마네킹이었다. 하얀 소복과 검은 생머리 가발을 씌운 마네킹이 의택을 보고 있었다. 마치 거기서 뭐 하냐는 듯. 눈이 묘하게 누군가와 비슷하다는 생각이 들 찰나 현도가 말했다.

“네가 아직도 상황 파악 못 하고 피해자 코스프레하는 모양인데 빨리 들어와. 모터랑 기어박스 재고가 없어. 재철 형님 거 수리해야 하니까 빨리 주문해. 야, 듣고 있어?”

의택은 말했다.

“근데 나 돈 없어.”

“뭐?”

"투자한 거 사기였어. 포항까지 사기꾼 잡으러 왔는
데… 존이 없어졌어. 내 차 가지고. 나 이제 뭐 해야 되냐…."

침묵이 흘렀다.

"너 이 새끼 거기 가만히 있어. 알았어? 허튼짓거리 하
기만 해!"

통화가 끊겼다. 의택은 귀신을 올려다보며 한숨을 쉬었
다.

또 전화가 왔다. 이번에는 번호를 확인했다. 모르는 번
호였다. 의택은 한참을 번호를 노려보다 전화를 받았다.

"최의택 씨 되십니까? 포항북부경찰서입니다."

포항북부경찰서 경찰들은 의택의 설명을 듣고 의택이
있는 곳으로 찾아왔다. 하지만 경찰차를 탈 수 없는 의택은
그냥 귀신의 집 앞에서 경찰에게 더 구체적인 이야기를 했다.

그리고 거짓말도 했다.

포항에는 혼자 왔고 차는 고장 나서 근처에서 버렸다
고. 다시 찾아가봤지만 없어졌다고. 어차피 의택 아니면 운
전도 못 하는 차라 너무 단순하게 생각했다고.

"차까지 두고 뭘 하셨는데요?"

"사기꾼 잡으려고 했죠."

경찰이 의택의 휠체어를 보고는 화제를 돌렸다. 차라리 잘됐지.

얼마나 있었을까. 현도와 태호 형이 한 차에 타고 나타났다. 두 사람이 함께 있는 것도 신기했지만 어떻게 이렇게 빨리 왔는지도 놀랄 노 자였다. 알고 보니 두 사람은 KTX를 타고 왔고 차는 렌트한 거였다. 현도는 의택과 함께 있던 경찰에게 의택의 휠체어를 맡겨버리고는 태호 형이 의택을 차로 옮겨주자마자 출발해버렸다. 의택은 뒷좌석에 옆으로 길게 누워 차 천장을 바라보며 오늘 하루를 되돌아봤다. 정말 있었던 일인지 확신이 안 섰다. 피곤하긴 했다. 의택은 그대로 잠들었다.

색 바랜 옛날 사진 같은 시간들이 흘러갔다. 경찰서에 출두해 했던 얘길 반복하고 또 반복했다. 현도와 휠체어를 수리했다. 그리고… 강연을 했다.

천안 단대병원 휴게실에서 대기하고 있던 의택에게 태호 형이 다가와 말했다.

"한참 찾았네. 이제 정말 프로야. 슬슬 올라가야 해."

천안 단국대병원, 모든 그럼에도 불구하고

239

“잠깐만요.”

의택이 홀린 듯이 보고 있던 티브이를 보더니 태호 형이 말했다.

“진짜 저런 거 보고 있으면 삶의 의욕이 안 나.”

티브이 속 시사 프로는 대안고래 질주 프로젝트에 얽힌 투자 사기를 다루고 있었다. 여전히 그 핵심 인물들을 쫓고 있는 상황에서 프로그램은 사기 피해자들을 만나 그들의 인생이 어떻게 망가졌는지를 조금은 무미건조하게 늘어놓았다. 안 봐도 그려지는 이야기들의 연속. 호미곶 절벽에서 차를 타고 투신한 사건을 끝으로 프로그램은 후속편을 위해 계속해서 제보를 기다리겠다고 했다. 그리고 예고편이 나왔다. 사기 관계자들과 과거에 유사한 일을 했던 사람들이 나와 인터뷰하는 내용들이 이어졌다. 그들이 어떻게 조직되고 피해를 극대화하는지가 적나라한 용어로 설명되며 배경으로는 극우 성향의 시위대 모습과 사이비 종교의 대대적인 선교 활동 장면이 지나갔고, 전직 대통령이 수의를 입고 있는 모습, 그리고 일부 현역 국회의원들의 얼굴이 차례로 지나갔다.

“가요.”

의택은 휠체어를 움직였다. 머릿속에서는 끝없이 이어

지는 구멍이 확대되고 있었다. 그 안에서 떨어지고 있는 의택은 더 이상 존재하는 것 같지도 않았다.

준비가 끝난 단상 위로 올라간 의택은 앞에 보이는 환자복 차림의 청중을 한 명 한 명 바라봤다. 문득 왜 이렇게 다친 사람이 많고 또 끝없이 발생하는지 의아했지만 일단 맡은 역할은 소화해야 했다. 의택은 모든 그럼에도 불구하고에도 사람들에게 인사했다.

강연을 시작하고 얼마 안 돼서 한 여자가 뒤늦게 강당으로 들어와 자리에 앉았다. 의택은 그 여자가 누군가를 닮았다는 생각에 사로잡혔다. 그 때문에 실수를 연발한 이번 강연은 영 실패였다. 강연을 마칠 즈음에서야 의택은 그 여자가 누구를 닮았는지를 깨닫고 소름이 돋았다. 정확히는 누구가 아니었다. 무엇이었다.

여자는 귀신의 집에 홀로 서 있던 마네킹을 닮았다. 의택은 성마른 미소를 지으며 강연을 마무리했다.

천안 단국대병원, 모든 그럼에도 불구하고

그렇게 된 이상 마이크 앤드 존은

경로를 재탐색해서 290km를 달려

포항으로 갔다

1. 합작 계기

정보라　제가 이 소설을 쓰게 된 동기는 최의택 작가님한테 업

혀서 돈 많이 벌기 위해서였죠.

최의택　아니, 제가 정 작가님께 업혀 가야… 저 가벼우니까…

감사합니다.

정보라　(외면)

최의택　(손뼉)

정보라　오로지 최의택 작가님하고의 합작이니 해야만 한다

는 생각과 숟가락 얹고야 말겠다는 생각뿐이었습니

다, 투쟁!

최 의 택　저는 처음 기획을 제안받고 이 소설이 될 거란 생각은 안 했습니다. 데뷔 때부터 계속 정보라 작가님 영향으로 SF를 쓰게 되었다고 말하고 다니면서 활동을 해왔기 때문에 너무 좋았지만 정말 실현될 거란 생각은 안 했습니다. 그런 의미에서 2023년도 6월의 서울국제도서전 때가 생각나는군요.

정 보 라　그때도… 한국과학소설작가연대 부스에서 굿즈 팔아서 돈 많이 벌었죠.

최 의 택　그때 편집자님이 와서 저한테 처음 이 합작 기획에 대해서 말씀해주셨거든요. 무슨 기밀 나누듯 속닥이셨는데, 당연히 좋다고 했어요. '성덕'이다!

정 보 라　양측 모두 의기투합이 매우 빨랐던 것 같습니다.

최 의 택　맞아요. 마치 출판사만 기다리던 것마냥….

정 보 라　꺄.

최 의 택　감사합니다. 하지만 실제로 작가님을 뵌 건 도서전 때가 처음이었죠. 사실 거의 모든 작가님이 그날 처음이었긴 한데….

정 보 라　맞아요. 저도 최의택 작가님은 전혀 모르는 분이었지만 2023년부터 뵙자고 꼬셨습니다.

최의택 그런데 편집자님은 어쩌다가 이런 기획을 떠올리셨
을까요?

정보라 흥미진진.

최의택 그다음으로 편집자님에게 궁금했던 건 왜 우리 두
사람이었는지? 물론 정보라 작가님이야 말해 뭐 합
니까마는 저는 왜…? 그냥 그게 늘 궁금했습니다.

(요다는 최의택 작가님의 두 번째 장편소설 『0과 1의 계
절』을 출간한 뒤 새로운 작업을 또 하고 싶었습니다. 다만
뭔가 색다르고 재미있는 기획물이면 좋겠다고 생각했습
니다. 다른 한편, 정보라 작가님과는 2019년 요다에서 출
간한 '토피아 단편선 2'에서 단편소설 「너의 유토피아는」
으로 잠시 맺었던 인연을 이어가지 못한 점을 아쉬워하던
차 그렇다면 이런 기획은 어떨까 떠올렸습니다. 각자의
소설을 한 책에 담기보다 한 편의 소설을 같이 쓰시면 작
가님들과 독자분들께 재미있는 경험이 될 듯했어요. 출간
이 돼서 기쁘고 감회가 새롭습니다.)

최의택 제가 잘 몰라서 그러는데 이런 형태의 소설이 한국에

또 있나요?

정보라 처음 봐요 저는.

최의택 에세이는 있는 것 같은데.

정보라 아 그렇죠. 에세이는 『사이보그가 되다』. 저자 두 분이
주고받는 형식으로 쓰셨죠.

최의택 네, 우리 '작가의 말' 형식도 거기에서 아이디어 얻었
습니다.

2. 릴레이라는 집필 방식

최의택 일단 저희 첫 번째 천안 미팅 때 큰 윤곽이 한 번에 잡
힌 게 집필 방식에 큰 영향을 미쳤던 것 같아요. 거의
엔딩까지 구체화하고 헤어졌으니까요?

정보라 네 그렇죠.

최의택 특장차 타고 다닌다는 콘셉트는 정보라 작가님과 사
담 나누다가 나온 얘기, 그거 맞죠?

정보라 모릅니다, 기억나지 않습니다.

최의택 정확히 언제인지는 모르겠는데 제가 그런 차 렌트하
려다가 포기한 일화를 들려드렸더니 작가님께서 신

들린 듯한 어조로 그런 내용의 소설을 써봐야 한다고
하셨거든요.

정보라　저는 최의택 작가님한테 포항을 보여드리고 싶다는
마음에서 시작했고요.

최의택　그때도 결국 저희끼리 주인공들을 포항 앞바다로 보
내서 경찰이랑 맞짱 뜨게 하고 막 그랬던 것 같은데.
처음 대화 때부터 그랬어요.

정보라　네 맞아요. 그러면 개조한 장애인용 차량을 운전해서
오시면 좋겠다는 생각과 그래서 조사해봤더니 실제
로 레이가 개조 차량으로 많이 쓰이기도 했고요. 그래
서 소설에서 '의택'이 정말 개조된 레이를 타고 포항에
오게 되었습니다.

최의택　호버크래프트 나오고요 막.

정보라　네 포항 홍수 났을 때 해병대가 호버크래프트 타고 수
재민들 구조하러 다닌 거 생각나서요.

최의택　그 대화가 저희의 마감을 구조해주었네요…. 속전속
결.

정보라　클라우드 프로그램 통해서 자료 공유를 많이 하고 채
팅도 자주 했죠. 제가 코레일 포항역 냉장고 자석 등등

작가의 말

247

뇌물도 드렸고요.

최의택 개인적으로 소설 쓸 때 좀 준비 작업을 많이 하는 편인
데 이번에는 그게 살짝 어려워가지고 본의 아니게 정
보라 작가님을 채팅으로 많이 귀찮게 해드렸죠. 본의
아닌 게 아니긴 합니다만.

정보라 그러다 대화가 엉뚱한 데로 막 흘러가고.

최의택 사실 저희 초고 쓰기 시작할 때까지도 이거 정말 이대
로 되려나 싶었어요. 그리고 정보라 작가님 자꾸 논문
검색을 하셔요.

정보라 제가 뭘 어쨌다구 그러세요! 논문은 중요하다구요! 제
가 아는 게 없으니까요!

최의택 사진도 엄청 주고받았죠.

정보라 최의택 작가님한테 보여드리고 싶은 재미있는 뭔가
를 발견하면 이것도 넣고 저것도 넣자고 막 던지고 그
랬어요.

최의택 7번 국도가 그중 하나였는데.

정보라 워낙 예쁘니까요. 관광 코스나 드라이브 코스로 유명
한 것 같아요. 그래서 우리 소설에도 한자리 차지했
죠. 그리고 작가님이 포항역 대합실 풍경, 포항역－영

일만-호미곶 동선 등등 관련해서 이것저것 물으시고 장광설도 막 보내고 그랬습니다. 그래서 저는 우리 소설에 나오는 포항의 해태랑 대게랑 문어 조형물 사진이랑 문어 사진도 다 보내드리면서 자세하게 이야기하고.

최의택　핑계 삼기도 좋은 게 어차피 저희 인물들이 이런 식으로 대화를 나누다가 포항으로 갔다는 설정이니까. 철저히 허구인데도 거의 오토픽션 느낌이었죠. 대화하면서 현지 정보 주고받고, 그다음 사건 전개 어떻게 할지 이야기하고.

정보라　제가 쓰면 그다음에 최 작가님이 이어서 쓰는 패턴이었는데, 매번 제가 너무 늦어가지고. 죄송합니다….

최의택　저는 그런데 오히려 후반부 갈수록 완전 즉흥 연기 하듯이 쓸 수 있었던 게 너무너무 재미있었어요.

정보라　저도 재밌었어요!

최의택　원래 소설 쓸 때도 즉흥적으로 쓰긴 하지만 이 소설은 챕터 단위로 계속 새롭게 쓰니까 엄청 새로웠어요. 계속하고 싶었달까요.

정보라　포항만이 아니고 안동이나 구미 갔을 때 봤던 풍경이

나 도로 풍경 같은 거 생각하면서 쓰는 것도 재미있었
　　　　어요. 경북 관광 홍보를 하고야 말겠다는 결심으로다
　　　　가 노력하였습니다.

최의택　저는 계속 로드뷰 찾아보면서 썼어요. '스페셜 땡스'에
　　　　로드뷰 좀 올려주세요….

정보라　근데 제가 다른 일정에 쫓기느라, 또 2024년 말부터
　　　　2025년 초까지 비상계엄 사태로 인해 너무 힘들어서
　　　　체력적, 정신적으로 집필 속도가 많이 느렸던 게 계속
　　　　마음에 걸렸어요. 소설 때문이 아니라 외부적인 이유
　　　　때문이어서 더 그랬습니다.

최의택　네, 시작은 정말 너무나 낯설고 어려웠고 과정도 힘듦
　　　　이 있기는 했지만 정말 끝이 났네요!

3. 소재와 주제

정보라　최의택 작가님의 시추공 분양 사기 제안 넘 좋았어요.

최의택　제가 제안했던가요?

정보라　석유 시추 가지고 뭔가 사기가 일어날 것 같다고 생각
　　　　은 했는데 시추공 분양은 작가님이 말씀하셨어요.

최의택   참 이상한 소리를….

정보라   넘 개연성 있는 제안인 것입니다…. 계엄 사태 안 났으
          면 누가 사기 쳤을 거예요.

최의택   참 아이러니하죠. 작가님은 저랑 둘이 채팅할 때도 사
          기 얘기만 하셨잖아요. 사기 덕후.

정보라   전세 사기부터 시작해서 지식정보산업센터 공실 사
          태라든가, 허위 광고로 유령 건물이 된 신촌 밀리오레
          랑 부산 네오스포 상가 사태라든가….

최의택   어휴. 사기가 너무 많아….

정보라   이번 소설 쓰기 전부터 관심도 있었고 최근에 다단계
          사기 방지(?) 팟캐스트 들으면서 수법을 구체적으로
          배우니까 이해가 더 잘 되기도 했어요.

최의택   작가님한테 사기 얘기 듣고 있노라면 무서워져요, 세
          상이.

정보라   한국 경찰도, 법원도 사기는 한 10억 넘어가지 않는 이
          상 수사나 처벌을 잘 안 해요. 폭력 범죄를 중요하게
          생각하고 폭력적이지 않은 범죄는 "죄질이 가볍다"
          이런 식이더라고요. 무기 들고 집 부수고 들어가서 때
          려서 돈 뺏은 게 아니니까 죄질이 가볍다 이런 식이에

요. 사실 사이비 종교(=다단계+사기)도 최근에 넷플릭스 다큐멘터리 같은 거 나오기도 했는데 본질은 같아요. 보이스피싱도 최근에야 경찰이 좀 진지하게 수사하기 시작했지 사기는 "그러게 조심하지" 이런 식으로 피해자 탓하는 경향이 큰 것 같아요.

최 의 택 그 포인트가 저희 소설에서 좀 살았으면 좋겠네요. 개인의 문제가 아니라는. 근데 진짜 궁금한 게 요다에서 이 책을 어떤 카테고리로 등록할지.

정 보 라 저는 독자분들에게 많이 읽히기만 한다면 편집팀에서 고민하는 사회파 추리소설이든 공포든 미스터리든 뭐든 다 좋습니다.

최 의 택 스릴러…는 안 되려나요? 저는 사실 마지막 장면을 스티븐 킹의 코즈믹호러를 염두에 두고 쓰기는 했어요. 실제로 그렇게 구현됐는가는 다른 문제지만요.

정 보 라 작가님이 고생해서 쓰신 '보라'의 마지막 장면, 마음에 들었습니다.

최 의 택 다행이네요.

최의택　　아무튼, 그 가제 "경로를 재탐색합니다"가 저희를 아주 잘 인도했다는 생각이 듭니다. 정말 내비게이션 같았어요. 그래서 제목이 안 바뀔 줄 알았는데 바뀌었습니다.

정보라　　제가 길치라서 운전하다 맨날 길을 잘못 들어서 내비게이션에서 젤 자주 들은 말이 그거였어요. "경로를 재탐색합니다." 저는 그렇게 말했을 뿐, 제목으로 하자는 얘기는 안 했어요.

최의택　　편집자님이 제목 아이디어를 물어보셔서 각자 새로운 제안을 하게 되었죠. 저는 "경로를 재탐색합니다"라는 제목이 좋았어서 다른 제목은 생각을 안 했었어요. 저의 '내비게이션'에 여전히 감사하고 있습니다

정보라　　제가 "이렇게 된 이상 포항으로 간다"를 제안하게 된 건, 웹툰인지 만화에서 생긴 '짤방'이 있었는데, 거기서 나온 명대사가 "이렇게 된 이상 청와대로 간다"였어요. 그래서 청와대 말고 시추공 사태가 벌어진 포항으로 다들 오시라는 의미에서.

최의택　　저도 본 적 있어요.

작가의 말

253

정보라   주인공들도 약간 좀 그렇게 결정을 하잖아요. '그럼 포항!' 좀 이런 식으로요 갑작스럽게.

최의택   그렇죠. 우리 쓰는 것도 그런 식으로 썼고요. 주인공들 이름이 '의택'과 '보라'가 된 것도 그런 식으로 간편하게 그렇게 부르다가. 그런데 그게 너무 캐릭터 설정도 그렇고 처음부터 내 옷처럼 느껴졌던 것 같아요. 아까 얘기한 레이 자동차 설정도 있었고 하니까요? 자연스럽게 자전적인 느낌으로 갔던 듯해요.

정보라   저는 이게 사기꾼과 피해자 얘기라서 남의 이름을 썼다가 혹시나 실제 사기 피해를 당하신 분이 읽으시면 너무 괴로우실 거 같아서 조심하려고 제 이름을 썼어요.

최의택   오… 그런 의미가.

정보라   물론 세상엔 다른 '보라'도 엄청 많고 다른 '의택'도 많겠지만 혹시 누가 문제 제기를 하셨을 때 최소한 "그런 의도는 아니고 내 이름이다" 이렇게 말할 수 있잖아요.

최의택   오, 몰랐습니다. 근데 저는 제목 후보 중에 편집팀에서 아이디어 내신 "구멍"도 좋았습니다. 첫 번째 교정보면서 마지막 장면 때 그 느낌이 왔던 것 같아요. 좀 굉장히 기대하지 않았던 뭔가 그런 공허함이 느껴졌는데 그때 딱 "구멍"이 와닿았습니다. O표를 받았다곤 했지만요. 그리고 정 작가님이 싫어하셨던 "마이크 앤드 존"이라는 후보 말고요, 다른 제목 아이디어, 그 몇 킬로였죠? 그것도 비슷한 느낌이 있었어요.

정 보 라 　"290킬로미터"요. 천안에서 포항까지가 딱 290킬로미터인 게 신기했어요. 그래서 제가 "이렇게 된 이상 마이크 앤드 존은 경로를 재탐색해서 290킬로미터를 달려 포항으로 간다"라고….

최 의 택 　크크크. 아무튼 주인공들 이름도 그렇고, 제목도 그렇고 즉흥적으로 갑자기, 이렇게 된 이상 이렇게 하자 이런 식으로 정해졌던 것 같아요. 사기라는 소재도 그렇고요.

5. 독자에게 바람

정 보 라 　담당 편집자님도 피해당하셨다고 말씀하셨고 주변에 다른 분들도 너무 많더라고요, 전세 사기.

작가의 말

255

최의택 저도 어렸을 때 게임에서 정말 사기를 많이 당했어요. 제가 좀 잘 믿어요. 배명훈 작가님의 소설 「조개를 읽어요」 보면 조개 무늬로 의사소통을 하는 설정이 있었는데 그런 걸 연구하는 학문이 정말로 있는 줄 알고 검색해볼 정도였죠…. 이건 좀 너무 심한가? 아무튼 매우 잘 믿습니다.

정보라 저도 그런 건 잘 믿지만 돈이 깨질 것 같으면 당장 물러나는 편입니다. 우리 소설에 '보라'가 음료수 사기 당하는 거 나오잖아요. 허경영 불로유 얘기 여기저기 시사 교양 프로그램에 엄청 많이 나와서 그 음료수 얘기에 써먹었고요.

최의택 다른 사람이 뭔가 얘기를 하면 일단 그렇겠구나 하고 마는 것 같아요.

정보라 '보라'가 당한 대학 신입생 교재 사기는 수십 년 됐는데 아직도 그런 사기꾼들 있더라고요. 가는 대학마다 봄에 신학기에 현수막 붙어 있어요. "수업 교재는 강의실에 들어와서 현금 받고 팔지 않습니다" 뭐 이런 거.

최의택 오. (메모)

정보라　그리고 기독교계 대학 중에 봉사 활동 필수로 해야 졸
　　　업할 수 있는 학교들 있는데 "이런저런 (사기꾼) 단체
　　　는 우리 학교와 해외 봉사 활동 제휴를 맺지 않았으니
　　　주의하시기 바랍니다" 이런 것도 있어요.

최의택　헐, 정말 다종다양하네요.

정보라　해외 봉사 사기라니 너무 무섭잖아요. 돈만 뺏기면 다
　　　행인데 외국 나가서 무슨 일 당할지 어떻게 알아요. 하
　　　여간 진짜… 많습니다….

최의택　좀 끔찍한데요.

정보라　네. 그래서 사기꾼은 다 마땅한 벌을 받으라는 마음을
　　　담아, '귀신의 집'까지 동원하여 혼신의 힘을 다해 썼
　　　습니다!

최의택　저는 그냥 재밌게… 썼습니다…. 그리고 포항역에서
　　　사기꾼들 잡는 장면은 정 작가님 남편께서 혹 사기꾼
　　　못 잡고 주인공만 잘못되면 포항 사람들이 화나서 불
　　　매 운동한다고 하셨다는 말씀 듣고 정말 열심히 썼습
　　　니다.

정보라　네. 최의택 작가님이 애쓰셨지요. 저는 소설을 통해서
　　　다양한 사기 방식도 알리고 싶었고요, 좀 투쟁의 마음

작가의 말

257

을 담아 표현하자면 "사기꾼 죽어라"를 독자분들이
얻어 가시면 좋겠습니다.

최의택 저는… 일단 16,800원 상당의 돈과 수 시간을 들여 이
책을 읽으실 텐데 재미가 있으면 좋겠습니다. 그리고
이와 별개로, 이런 기획은 제가 몇 번 얘기했는데 1408
호실 같은 데 작가들 집어넣고 뽑아내야 돼요. 군만두
좀 많이 넣어주고.

정보라 으악.

최의택 만약 이런 프로젝트가 추가로 진행된다면 팝콘을 사
서 집필 과정을 관람하고 싶습니다. '꿀잼' 예약.

정보라 안 잡힌 '분양 설계사'가 등장하거나 체포된 '개발자'
가 불구속으로 풀려나서 또 사기를 친다든가 도망쳐
서 또 사기를… 이런 일도 많습니다. 신분 세탁을 한다
든가….

2025년 10월 14일
정보라, 최의택

이렇게 된 이상 포항으로 간다

ⓒ 정보라·최의택, 2025

지은이 정보라, 최의택

펴낸이 한기호

기획·책임편집 도은숙

크로스교정 유태선

편집 정안나, 김현구, 김혜경

마케팅 윤수연

디자인 studio.fractal.kr@gmail.com

경영지원 국순근

펴낸곳 요다

출판등록 2017년 9월 5일 제2017-000238호

주소 04029 서울시 마포구 동교로 12안길 14 삼성빌딩 A동 2층

전화 02-336-5675 | 팩스 02-337-5347 | 이메일 kpm@kpm21.co.kr

1판 1쇄 인쇄 2025년 12월 9일

1판 2쇄 발행 2026년 1월 15일

ISBN 979-11-90749-92-3 (03810)